FOYER-ROMANS

LA ROUTE PERDUE

- Direction et -
- Administration -
HIRT ET Cⁱᵉ
53, Rue des Moissons
- - REIMS - -

1.50

- Abonnements -
- - UN AN - -
- 24 numéros -
- France 34 Fr. -
C. C. Paris 409.74

Foyer-Revue Relié

L'année 1929, reliée avec dos toile, formant un volume de plus de 800 pages, contient, outre de nombreux contes, nouvelles, poésies, etc.,.

TREIZE GRANDS ROMANS INEDITS

Le Testament d'Harpagon, par Emmanuel Soy.
Les serres de l'aigle, par Jean de Belcayre.
Le Paon blanc de Vagnières, par G. du Bourg.
Ame décevante, par Jeanne Delcou.
La Maison des Lilas, par Domrémy.
La Montée du Calvaire, par Guy Henriot
Mademoiselle Drolette, par Pierre de Saxel.
Le Mystère de la rue Berton, par R.-M. Gouraud d'Ablancourt.
De Tout Cœur, par Madame Charles Péronnet.
La Petite Compagne de Voyage, par Laure Duchâtel.
Maman Soize, par Claude Bellecombe.
Le Piège, par R. M. Gouraud d'Ablancourt.
Mes Tantes, par Clément d'Othe.

De nombreux Contes, Nouvelles, Bons mots,
Articles de Voyage et de Fantaisie
d'une moralité irréprochable

Le Volume relié sous une élégante couverture
Franco France : 30 Francs

Port en sus pour les Colonies et l'Etranger
Postal de 3 kilos

Les demander à votre libraire
ou directement aux Editeurs

HIRT & Cie, 53, Rue des Moissons. — REIMS
Compte Chèque postal : PARIS 409.74
R. C. : Reims 6.939

Voir prix des années précédentes, à l'avant-dernière page de couverture.

R. M. GOURAUD D'ABLANCOURT

LA ROUTE PERDUE

REIMS
HIRT & Cie, Editeurs
53, Rue des Moissons

LA
Route Perdue

par R. M. GOURAUD D'ABLANCOURT

PREMIÈRE PARTIE

I

UNE FÊTE AU VAL D'OMBRE

— Bonjour, Colonel, charmé de vous retrouver à cette jolie réunion en ce château enfin rouvert ! J'avais vu dans le journal votre nomination dans un régiment de l'Est.

— Oui, c'est une vraie chance de vous revoir ici, cher Monsieur. Je ne l'espérais pas. Vous habitez dans le rayon ?

— Il y a des siècles que les Runkerque — dont hélas, je suis le dernier — vivent dans leur vieux manoir planté sur la rive belge de la Semois où il se mire. Regardez l'autre bord en face, quand le vent écarte les branches des hauts peupliers, on peut entrevoir mes tours grises.

— C'est un site ravissant. Alors vous n'avez qu'à passer la rivière pour être ici.

— Oui. La rivière n'est pas toujours facile à traverser, mais j'aime cela. Je crois, mon ami, que nous sommes les premiers arrivés au Val d'Ombre.

— Non, j'aperçois des automobiles dans l'avenue.

— Vous êtes venu à pied, par la traverse ?

— J'ai profité de cette magnifique après-midi de printemps. Je marchais sur un tapis de mousse parsemé de fleurettes blanches.

— Toujours poète !

— Oh non ! nous avons beaucoup de travail en ce moment. L'avenir est sombre.

— Depuis ma lointaine enfance j'entends des menaces de ce genre, je n'y crois plus. Avançons si vous le voulez bien, nous allons traverser le parc, il est grand, c'est long. J'attache mon bateau.

— Vous habitez Runkerque toute l'année ? Que devenez-vous l'hiver dans ce désert ?

— Je chasse le sangliler, je joue aux échecs avec mon curé, je lis, je pense... je me rappelle les heures enfuies de ma jeunesse...

— Ne soupirez pas, donnez-moi plutôt quelques détails sur les Val d'Ombre. Je les ai perdus de vue. Renaud fut mon camarade à Saint-Cyr. Plus tard, nous nous retrouvâmes à Tlemcen quand il mourut près de moi d'une insolation pendant les manœuvres. Alors c'est pour son fils qu'on donne cette matinée, il revient de son voyage de noces, je crois.

— Oui. La marquise Pauline veut présenter sa belle-fille à ses relations.

— La marquise Pauline... Mme de Val d'Ombre, la mère ?

— C'est une amie d'enfance pour moi, je l'ai vue naître, je l'appelle par son petit nom.

— Encore un soupir... une cigarette, Runkerque ?

— Merci. Privez-vous-en, mon cher, nous sommes sous les sapins.

— Je n'y tiens nullement. Alors la belle veuve ne s'est jamais remariée ?

— Elle s'est vouée à ses fils. C'est une mère admirable. Quand le pauvre Renaud est parti de ce monde, l'aîné des garçons avait un an et le second allait naître.

— Quelle fidélité ! La veuve du Malabar n'est rien en comparaison de la noble marquise.

— En effet, approuva le Belge en riant, Pauline n'aurait pas eu l'idée, comme l'héroïne que vous citez, d'avaler peu à peu les cendres de son mari pour lui donner un tombeau en elle-même.

— Madame de Val d'Ombre a mieux fait : vingt-cinq ans de larmes ! Aujourd'hui, elle triomphe, sa tâche s'achève. Elle mariera bientôt le second de ses enfants. Je voudrais en être au même point qu'elle, j'ai quatre filles, moi !

— C'est charmant, Colonel, vous auriez dû les amener ici, la jeunesse va danser.

— J'aurais dû... seulement comme elles n'ont aucune dot à présenter avec elles, je préfère ne pas les lancer dans un milieu riche où peut-être elles souffriraient.

— Elles auraient un plaisir. Elles doivent être bien jolies si elles ressemblent à leur mère.

— Je dois l'avouer. Le mieux encore est leur intelligence et leur cœur.

— Vous me les amènerez à Runkerque, le vieil ours que je suis en rajeunira. Quel âge ont-elles ?

— Charlotte a dix-neuf ans, Reine dix-huit, Yvonne quinze, Thérèse treize.

— Un bouquet ! Sortons du bois, traversons la pelouse. Ah ! mais il y a une file d'autos, même d'attelages. Regardez donc sur la route, voilà la calèche de la douairière d'Héricourt.

— On ne voit plus guère de chevaux maintenant. Quels magnifiques trotteurs, deux laquais impeccables et, trônant à l'arrière, une dame fort empanachée.

— La duchesse Hermine est un type d'autrefois. Jamais elle n'a voulu sacrifier au goût du jour. Elle se rend à Paris en berline, fait préparer des relais de route ; elle éclaire son château Louis XIII avec des lampes carcel et des bougies ; elle s'habille — délicieusement d'ailleurs — en velours et dentelles à la mode de jadis. Et ses dîners — exquis — sont toujours servis à trois ou quatre services sur réchauds d'argent.

— Elle a des enfants ?

— Non. Un filleul, le frère du jeune marié d'aujourd'hui, Roc-Marie.

— Il s'appelle Roc-Marie, ce n'est pas banal.

— Sa mère a tenu à ce qu'il ait le nom de la Sainte Vierge et il est né le jour où l'Eglise fête saint Roc. Une nature d'élite, ce garçon.

— Il a fait son service militaire ?

— Il vient de l'achever. Il rentre au foyer familial.

— Et il chassera, fera des visites, usera son temps inutilement, selon l'usage des jeunes nobles riches.

— Point. Mon jeune ami songe sérieusement. Le sacerdoce l'attire... les missions évangéliques.

— Ah ! c'est très beau. Et cela plaît à sa mère ?

— Sa mère est une fervente. Son frère aîné continuera la lignée. Elle a l'intention de partir bientôt pour Rome avec Roc-Marie. Renaud s'installe ici à présent. Le château est modernisé ; on a mis l'électricité, le chauffage central, le téléphone. Il y a deux automobiles au garage et des chevaux de selle à l'écurie. Un vicaire de la paroisse vient célébrer la messe tous les dimanches. Voyez le clocher de la chapelle, làbas, surmonté de la Croix d'argent qu'on dirait rouge sous ce nuage du couchant.

— Avant le mariage de l'aîné des Val d'Ombre, la famille habitait Paris ?

— Très peu. Pour la santé de ses enfants, Pauline préférait son chalet breton, héritage personnel venant de son père. C'est un site sauvage et salubre au bord de la mer.

— Dans quel partie de la Bretagne est-ce ?

— Ker-Menhir domine une minuscule plage entre de hauts rochers, non loin de Pornic. Mais, dépêchonsnous maintenant, mon cher, ou nous arriverons les derniers ; le soleil est déjà bas sur l'horizon.

A l'entrée du hall, deux laquais en livrée noire et or, selon les couleurs du blason des Val d'Ombre, attendaient les invités et, sur le seuil du premier salon, se tenait la maîtresse de maison souriante, l'aspect encore jeune sous ses cheveux châtains. Elégante, svelte, elle accusait peu ses quarante-cinq ans. A la vue des deux amis, sa physionomie s'éclaira, elle tendit les mains.

— En retard, Gislain ! La capricieuse Semois ne voulait pas vous laisser aborder.

— Si, elle voulait bien, le vent venait du sud. C'est le colonel qui m'a retenu, nous avons marché en flânant, en parlant de vous.

Ses yeux clairs eurent un sourire malicieux :

— Le sujet n'amenait guère de hâte pour le joindre alors. Bonjour, Colonel. Vous voilà devenu notre voisin, je vais vous présenter mes fils ; seulement, où sont-ils ?

— Nous les trouverons, je continuerai mon rôle de pilote, conclut Gislain de Runkerque.

— C'est cela. Emmenez d'abord Monsieur au buffet. Ah ! voici les d'Ablancourt et les Fénestrange. Je vous abandonne.

Elle accueillait deux ménages âgés, très dignes, suivis de deux jeunes gens en uniforme, l'un de l'Ecole de la marine, l'autre en polytechnicien. La châtelaine s'occupait des arrivants, tandis que les amis s'enfon-

çaient parmi les groupes d'invités qui circulaient, causaient, empressés à se reconnaître, à se retrouver en
ce milieu de haute élégance où la frontière, si proche,
permet les réunions de Français et de Belges.

Dans la vaste salle à manger, une grande table couverte de choses alléchantes offrait ses tentations ; des
maîtres d'hôtel servaient avec empressement et chacun, venu de près ou de loin, faisait honneur au goûter. Gislain de Runkerque était sans cesse arrêté par
des saluts, des mains tendues ; il fréquentait toute la
région. Il nommait le colonel Loisel et se dégageait
pour retomber dans un autre groupe.

— Venez, mon cher ; je pense que nous découvrirons
nos jeunes amis là-bas où l'on danse, j'entends la musique ; traversons le billard, le grand et le petit salon, c'est dans la salle des Gardes qu'on saute.

En effet, Renaud valsait avec sa femme (à cette
époque, on n'avait pas encore inventé les danses nè-
gres) au son d'un orchestre installé dans la tour d'angle. Beaucoup de couples se livraient au même plaisir ; d'autres passaient en causant, en admirant la
galerie de tableaux qui représentait la chronologie de
la famille de Val d'Ombre.

— Allons dans la bibliothèque, proposa le Belge ;
il y a des merveilles, d'anciens manuscrits écrits en
flamand. Voyez-vous au fond ce panneau entièrement
peint, il représente un illustre ancêtre, le sire de
Lannoy.

— Ah ! comme c'est curieux, on dirait le roi Fran-
çois Ier au second plan.

— C'est lui. Ce personnage à qui le roi tend son
épée et qui l'accepte à genoux est Lannoy.

— Parfaitement. Le roi vaincu, prisonnier ; mais
pourquoi ce rappel de Pavie, ici ?

— Lannoy est le très arrière-grand-oncle de nos
amis, il possédait le château des Amerois dont vous
voyez à droite un dessin. Cette superbe résidence est
près de nous, son parc affleure la Semois.

— Je le connais. Cette propriété appartient au
comte de Flandre.

— Oui ; mais, avant, elle appartenait aux Lannoy.
En ce temps-là, l'habitation était enveloppée de bois
où les loups et les sangliers étaient chez eux. C'était
si sauvage que la jeune comtesse du Miniel qui y vint
en voyage de noces, n'y voulut jamais demeurer. Toute
la nuit, les chouettes, les chats-huants lui donnaient

un concert. Plus tard, le comte de Flandre l'acheta, l'embellit, fit dessiner le parc ravissant. Il vient l'habiter l'été, et y reçoit sa nombreuse famille.

— Dont le roi Albert.

— A cette époque, c'était un joyeux bambin qui jouait avec ses sœurs et son grand frère Baudoin, si prématurément enlevé à l'affection des siens.

— Je me souviens ; un drame, a-t-on dit.

— Un drame ? Non, un grand chagrin. C'était un prince séduisant au possible, qui partit de ce monde, hélas ! en pleine jeunesse. J'ai l'honneur de connaître la Famille Royale ; on ne saurait dire à quel point tous ses membres sont charmants. Tenez, sous ces arbres, près de ce calvaire en losange dont vous voyez la silhouette, la comtesse de Flandre se plaît souvent à dessiner. Elle fait des « eaux-fortes » représentant les bords de la Semois, les ruines célèbres d'Orval dont on veut rétablir à présent l'abbaye, le moulin, le pont, etc...

— C'est une grande artiste, très musicienne, aussi, je crois.

— Sa fille, la princesse Henriette a hérité du talent de sa mère, elle dessine et peint admirablement ; elle a des albums sur lesquels, en regard du récit de ses voyages, elle a tracé quelques vues des sites qui l'ont le plus frappée.

— Ah ! mon ami, que de fois je fus convié à de joyeuses « garden-party » avec cette brillante jeunesse. La comtesse de Flandre a, outre le roi Albert, deux filles, n'est-ce pas ?

— Oui. La princesse Henriette devenue française par son mariage avec un Fils de France. Elle vient chaque année aux Amerois ; j'ai vu grandir ses enfants : les princesses Marie-Louise, Sophie, Geneviève, et le petit duc de Nemours. Ils avaient pour compagnons de jeu les enfants de leur tante, la princesse Joséphine de Hohenzollern, au nombre de trois : les princesses Marie-Louise et Stéphanie et le prince Albreth. Les enfants du roi Albert s'y mêlaient aussi. La belle et bonne grand'mère est bien entourée. Et vos compatriotes de proche garnison font partie, fréquemment, du groupe des invités. Cet été, personne n'a été reçu. Le château est resté privé de son aspect joyeux.

— Bonjour, mon vieux Gislain, interrompit une voix enjouée

Dunkerque se retourna vite :

— Ah ! mon petit Roc-Marie, nous te cherchions. Je veux te présenter au colonel Loisel, un camarade de promotion de ton père.

Le jeune homme serra la main tendue, tandis qu'une expression émue paraissait dans ses yeux limpides.

— Je suis bien charmé de vous connaître, mon Colonel. Vous êtes sans doute venu ici du temps de mon père.

— Non. Nous étions en Algérie, mon jeune ami. Comme vous ressemblez à votre père. Si l'on ne vous eût nommé, je vous aurais reconnu.

— J'en suis très fier. J'ai mis une fois l'uniforme de papa... mais c'était bien sot ; maman s'est évanouie en me voyant. Je ne recommencerai pas.

— Pourquoi, mon enfant. Après une surprise impressionnante, au contraire, votre chère maman n'aimerait-elle pas à voir le fils relever l'épée du père.

— C'était jadis le rôle des cadets, approuva le Belge.

— Plutôt le froc ou le petit collet, mon ami Gislain. Vous avez vu mon frère ?

— De loin.) Il dansait. Et ta belle-sœur, Roc, elle te plaît ?

— Extrêmement. Elle est l'opposé de nous, les deux pôles.

— Donc l'étincelle ! On dit dans le pays qu'elle n'est pas française.

— Quelle erreur ! Il n'y a pas même un étranger si loin qu'on remonte dans sa famille. Les Saint-Yrieix sont des Arvernes. Ce qui a fait croire ce conte, c'est qu'Armande est née à Calcutta ; son père était consul général là-bas.

— Et maintenant ? Il est toujours dans la diplomatie ?

— Il a donné sa démission. Il se plaisait tellement dans l'Inde qu'il a acheté une propriété qui est un rêve au pied de l'Himalaya : la villa des Lotus, et la famille y est installée.

— Comment donc ont pu se connaître les jeunes époux ?

— D'abord parce que les mariages sont écrits dans le ciel. La Providence s'est servie d'une traversée qu'ils ont faite ensemble. La marquise de Val d'Ombre voulait pour Renaud une instruction complète. Afin de mieux l'achever, elle l'envoya avec son précepteur dans les pays lointains.

— Et il a rencontré le bonheur en route acheva le Colonel.

Maintenant les danseurs couraient une farandole dans le jardin à la française devant le château. Renaud menait la bande. En passant près de Roc-Marie, Armande happa son beau-frère pour l'entraîner en riant. Les deux vieux camarades se regardèrent :

— C'est vrai qu'elle est gentille, fit Gislain de Runkerque, une piquante brune. Allons prendre un verre de porto, Colonel ; puis, j'irai dénouer la chaîne de mon bateau.

II

LA DOUAIRIÈRE

Comme ils traversaient les salons pour se rendre au buffet, ils aperçurent, dans la tour du centre dont on avait fait un petit boudoir, la douairière d'Héricourt en compagnie de la maîtresse de maison. Assises sur un divan, elles avaient devant elles un guéridon supportant des tasses de chocolat, des brioches et des friandises.

— Venez partager la dînette, Runkerque, appela Pauline.

— Faites-vous servir quelque chose ajouta la duchesse.

Elle tendait ses doigts étincelants de bagues au vieux gentilhomme qui les effleurait de sa grise moustache.

— J'ai l'honneur, Madame, de vous présenter le colonel Loisel, qui garde, avec son régiment, les marches de nos frontières près d'ici.

Elle eut le même geste élégant envers l'officier qui sut y répondre de la même manière.

— Colonel, j'aime l'armée, bien qu'aujourd'hui l'uniforme ait bien perdu de son prestige. Mon père était au Royal-Dragon. J'habite à deux lieues d'ici et j'ai des réceptions de voisinage le jeudi pour ma « coterie ». On joue au lansquenet, à la brisque, aux dominos ; des fois la jeunesse fait une courante. Si vous voulez en être, Monsieur, la porte s'ouvrira pour vous.

L'officier s'inclina avec un remerciement ; la vieille dame continuait :

— Pauline, mon cœur, passez-moi donc une aveline, j'ai la coquetterie de savoir encore croquer un bonbon. Merci ! Je suis triste de vous perdre, chère, à peine retrouvée. J'avais tablé sur votre présence ici toute l'année.

— Pourquoi partez-vous si vite, Marquise, fit Gislain ; moi aussi j'espérais que vous resteriez un peu au Val d'Ombre avec le jeune ménage.

— Je l'aurais aimé. Vous revoir souvent, mes amis, offrait grand attrait ; mais il faut maintenant, que voilà Renaud casé, que je songe à Roc-Marie.

— Hé bien, Pauline, mon filleul ne serait pas mal en point que je sache au milieu de nous.

— Ne connaissez-vous pas les idées de mon fils, ma bonne Duchesse !

— Si. Il m'a mandé en une longue lettre écrite de sa garnison, il y a quelque temps, un fort beau projet ; mais, si grave, qu'il demande à mûrir.

— Justement. C'est pourquoi je lui ai promis de l'accompagner dans le Midi, aussitôt le mariage de son frère.

— Vous irez à Rome, dit Gislain, c'est bien la meilleure idée.

— A Rome ou à Jérusalem. Nous allons commencer par les Pyrénées-Orientales, chez ma tante Adélaïde de Caraman. Elle appartient au Chapître de Kœnigswald en Bavière.

— Elle est toujours chanoinesse, c'est un titre qui ne se perd pas.

— Où habite-t-elle ? Je l'ai connue à Paris, expliqua la douairière. Elle possédait un ravissant vieil hôtel entouré de jardins, une véritable oasis dans une des rues les plus bruyantes de la capitale : la rue du Bac, vers le haut à droite. Qu'en a-t-elle fait ?

— Je crois qu'elle y a mis les religieuses laïcisées pour l'enseignement ; c'est la pépinière où vont s'approvisionner les pauvres directrices d'écoles libres. Toute sa fortune passe là et elle vit comme une ermite à Toulousou, un vieux manoir.

— J'aimerais tant vivre tranquille plusieurs jours auprès d'elle, exprima Roc-Marie enthousiaste ; il y a une chapelle qui date de l'an mille. On dit qu'elle fut bâtie miraculeusement en une nuit par les âmes du Purgatoire, la veille de la Toussaint.

— Les âmes du Purgatoire ont donc des mains, remarqua en riant le Belge ; je croyais qu'il fallait attendre la résurrection de la chair pour retrouver son corps.

— Mon ami, interjeta la duchesse, il faut avoir plus que des mains et des bras pour construire une église en une nuit.

Les invités venaient prendre congé et les compliments, sincères sûrement, pleuvaient avec les sourires :

— Quelle brillante rentrée dans le monde, Marquise, quel joli couple ! Nous n'avons qu'à souhaiter la pareille chance à votre fils cadet.

Puis les voitures s'emplissaient, l'avenue était rayonnante de lumières.

— A mon tour de filer, décida la douairière en se levant ; les automobiles me laissent la place, mes deux modestes trotteuses ne sont pas de force à lutter contre dix, vingt, trente chevaux ! Mon filleul, embrasse-moi. J'imagine que tu ne vas pas t'en aller sans venir déjeuner à Héricourt. Pauline, je compte sur vous.

— Entendu, mon amie.

— Et tu sais, Roc-Marie, j'ai un reliquaire d'or où il y a un morceau de la vraie Croix, entouré de cent quatre-vingts reliques de saints. Je te le destine, mon enfant ; ce sera mon cadeau pour ton apostolat. Au revoir, Gislain ; Colonel, à un prochain jour. Il paraît que vous avez quatre jolies fleurs à votre foyer, amenez-les, j'aime les jeunes plants.

Elle partit au milieu de ses dentelles et de ses parfums. Son valet de pied lui ouvrit la portière, déplia le marchepied ; les chevaux secouaient leurs chaînes brillantes ; le cocher eut un léger appel de la langue et les bêtes s'élancèrent fièrement, les pattes hautes.

— C'est tout de même une allure plus aristocratique qu'un auto trapu, concéda Gislain ; la duchesse n'y serait guère à sa place.

— Au bateau ! exclama le Colonel, il fera complètement nuit sous bois après le passage de la rivière et j'ai trois bons kilomètres à couvrir.

— Couchez à Runkerque, mon cher.

— Et ma famille ! Non, hâtons-nous. Bonsoir, Madame ; j'ai été si content d'être des vôtres.

Les deux amis descendirent à travers la pelouse l'eau miroitait au bas. Roc-Marie prit le bras de sa mère et, penchant la tête sur le front à peine ridé de celle qu'il aimait, il y mit un chaud baiser. Les serviteurs fermaient les salons.

— Mais où sont donc nos tourtereaux ? fit Pauline.

— J'ai vu M. le Marquis et Mme la Marquise sortir de la serre, répondit Gudule, la femme de chambre qui passait et avait entendu le propos. Il entrelaçait une couronne.

— Pour sa bien-aimée, approuva Roc ; tous les soirs il lui en offre une fraîche pour le dîner. C'est beau, l'amour !

— Il est à la portée de tous les jeunes gens, mon fils.

— Tous les amours... on en compte bien des variétés, mère ; depuis l'amour divin au premier degré de l'échelle jusqu'à l'amour de soi au dernier. Quel jour partons-nous ?

— Le temps de préparer mon absence, mon petit ; elle sera peut-être assez longue ; et puis, quitter ton frère si vite.

— Oh ! mère, ne crois-tu pas que le ménage se suffit... Je pense même qu'il sera ravi du tête-à-tête. A présent, d'ailleurs, nous ne sommes plus chez nous ; le Val d'Ombre est à mon aîné.

— Tu sais combien ton frère t'aime.

— Je le sais. Mais, en résumé, c'est la loi : Renaud a le titre et le château héréditaire, les fermes, bois, prés, étangs, comme nous l'a lu le notaire au contrat.

— Mais tu n'es pas jaloux... Ta résolution d'entrer au séminaire français, à Rome, n'en est pas une conséquence ?...

— Ma résolution vient de mon cœur, mère ; elle part d'une vocation que je crois irrésistible. Seulement, je ne voudrais pas te voir te dépouiller par le partage de ta fortune que tu as voulu.

— J'ai gardé encore plus qu'il ne me faut. Je n'ai jamais apprécié le Val d'Ombre, j'y ai vécu avec ton père : deux ou trois mois seulement après notre mariage, puis il fut nommé en Algérie... Hélas ! le soleil brûlant me l'a tué. Alors je suis revenue en Bretagne, à Ker-Menhir, où tu es né, où vingt-deux ans plus tôt j'étais, moi aussi, entrée dans la vie. Ce modeste chalet est mon bien personnel, je te l'ai donné... J'y attendrai l'heure du grand départ. Ce sera ton asile, mon enfant. Si Dieu permet que tu suives la voie apostolique, il existera des temps de repos où je t'aurai encore un peu, mon fils. Peut-être, viendras-tu célébrer ta première messe dans notre chapelle des Pins, si rustique, mais si prenante ; elle inspire la prière et la foi ! Elle ne ressemble pas aux autres sanctuaires, perchée sur le roc devant la grande immensité des flots.

— C'est toi, maman, qui as dessiné la décoration. Les murs en granit de la côte étincellent de mica quand le soleil y pénètre, le tableau de la Sainte Vierge, en grandeur naturelle et peint par toi, selon l'admirable et vraisemblable type oriental dont tu as pris l'idée en Afrique. La Vierge brune aux yeux noirs brillant de tendresse entre les deux petits anges auxquels tu as donné nos traits à Renaud et à moi.

La Marquise sourit :

— Le mieux, vois-tu, est ce que tous ceux qui entrent à Notre-Dame-des-Pins remarquent, c'est la statue posée près du seuil et dont le geste désigne la nef.

— Saint-Roc, le grand saint Roc sculpté dans la pierre bleue avec son fidèle compagnon près de lui. Ah ! tu as su choisir l'artiste qui a créé ce chien de granit dont la tête levée vers son maître, a une expression étonnante. Moi aussi comme je préfère Ker-Menhir à toute autre résidence. Seulement, si je reste à la Via della Buon-Compagnia à Rome, plusieurs années pour mes études théologiques, tu ne peux demeurer seule, là-bas, où la mer jaillit jusqu'à nos fenêtres.

— Nous y avons pourtant habité pendant bien des années.

— Tu n'y étais pas seule. Nous étions là, notre professeur, notre gouvernante. Tu t'occupais de nous ; maintenant, tu resterais des heures à rêver… à revoir ce qui fut. Ce sera le même horizon de vagues pareilles, mais tes oiselets seront envolés et tu resteras triste, mère. Ecoute-moi. Si le Saint-Père m'admet parmi les élèves privilégiés du Séminaire français à Rome, installe-toi au Cénacle ; il y a des Dames pensionnaires, tu n'y seras pas isolée. Notre amie de la Tour-du-Pin y réside, la Comtesse de la Fare aussi, quand elles viennent en Italie, ce qui est chaque année pendant plusieurs mois.

— On verra, chéri, attendons l'heure pour les grandes décisions. Tiens, voilà les heureux époux qui descendent. Regarde ! le spectacle est ravissant.

— Oh ! tout à fait ravissant ; Renaud en berger des

Ardennes et Armande en bergère, avec sa couronne
de myrthes et de pâquerettes. Nous allons détonner
dans le tableau mère. Toi en soie mauve et moi en smo-
king. O anachronisme !

Les jeunes gens arrivaient souriants en dansant un
pas léger, fantaisiste, de leur invention.

— Stop ! cria Roc-Marie ; une minute, je prends une
photographie.

— Madame la Marquise est servie ! annonçait le
maître d'hôtel.

III

LE MANOIR D'HÉRICOURT

La douairière d'Héricourt, Marie-Hermine, assise
dans une vaste stalle de chêne sculpté, dont le siège
et le dossier étaient ornés de coussins de soie brodés
à ses armes, regardait par la fenêtre à petits car-
reaux cerclés de plomb le facteur qui arrivait, juché
sur sa bicyclette, dans l'avenue.

— Voilà le « piéton », dit-elle, employant l'ancienne
locution qui désignait ainsi le porteur de lettres ; il
est encore grimpé sur son espèce de machine à roues.
Odyle va me chercher la gazette.

La camériste se leva aussitôt, quittant sa broderie
qu'elle déposa dans la corbeille emplie de laines variées où déjà la chatte avait trouvé doux de s'installer. Elle n'eut garde de la déranger et sortit au pas
menu d'une vieille servante née dans la maison, habi-
tuée aux anciennes coutumes.

Il faisait un vent d'est qui courbait les cimes des
hauts cèdres ; de gros merles, les plumes hérissées
cherchaient quelques graines sur la pelouse et s'enle-
vaient au passage de l'homme en lançant leur cri aigu
pour aller s'abriter dans les massifs.

Le printemps est tardif, songea la vieille dame ;
mes voisins vont avancer leur départ pour Paris et
je n'aurai bientôt plus grand monde à mes jeudis, avec
cette manie qu'on a d'imiter les Anglais et de quitter
la campagne pour la « season ». Ma vie devient austère ; c'est ennuyeux de n'avoir plus que de jeunes châtelains à voir autour de moi ; mes contemporains bat-
tent déjà le rappel, là-haut...

— Voici deux lettres, Madame la Duchesse, et le journal, fit Odyle en rentrant.

— Ah ! deux lettres, voyons qui a pensé à moi. Donne-moi la loupe, ma fille ; avec leurs plumes de fer, les écrivains du jour tracent des pattes de mouche. Pas commode d'ouvrir ces enveloppes collées d'un bout à l'autre ; un joli pain à cacheter était bien plus élégant quand on ne voulait pas mettre son blason sur la cire. Qu'est-ce que cela ?

« Ma grande amie

Armande et moi, avant de partir, serions tellement heureux de vous avoir à dîner avec nous à midi, mardi prochain. Nous prions aussi les d'Ablancourt et les Fénestrange, Gislain de Runkerque et le colonel Loisel. Un tout petit groupe, vous voyez. J'ai de bonnes nouvelles de maman et de mon frère. Ils écrivent de Toulousou et vont aller prendre, à Lyon, la ligne d'Italie, via Turin.

« Veuillez agréer, notre grande amie, l'hommage respectueux et le rappel du tendre attachement de votre fidèle

« Renaud de VAL D'OMBRE. ».

— Bon, j'irai. Odyle, tu prépareras, pour mardi, ma robe en broché garnie d'hermine, mon col et mes manchettes en point à l'aiguille et ma coiffure à la branche d'héliotrope. Que raconte l'autre missive ?

« Madame la Duchesse,

« La présente est pour vous dire comme que je suis malheureux ; vous qu'êtes ben aimable pour ceux du pays je m'attends que ce sera un effet de votre bonté de m'envoyer un petit pécule. On crève la faim au régiment, pas seulement trois repas par jour ! Faut vous rappeler de moi que je suis le gars à la mère Trinquart à qui vous aviez donné un logis et un jardin, rapport qu'elle était veuve et pas robuste pour gagner sa vie. La pauv'vieille peut rien me faire ; alors vous, Madame la Duchesse, qu'êtes riche, vous aboulerez ben quelques sous à un soldat qui vous aime avec son respect.

« Jules TRINQUART ».
au 7e d'infanterie, 6e compagnie, Thionville

— Trinquart ! un nom qui a soif... Mais tant pis, une petit verre de kirsch, c'est le moyen d'aller au café se reposer de l'exercice. Ecoute, Odyle, tu vois cette lettre, copie l'adresse, envoie un billet de vingt francs au garçon, puis un panier avec des saucisses et des nouilles. C'est entendu, fais cela aujourd'hui.

— Madame la Duchesse est trop bonne ; c'est pas un fameux sujet.

— Possible. Mais le régiment sans argent... Voyons ce que nous raconte la gazette. Un gros titre en première page, un événement. Est-ce qu'on a chambardé la République ! Ah ! ah ! un accident, une catastrophe ! Que le bon Dieu ait pitié des victimes !

« Hier, l'express qui part de Culoz à 21 heures pour Turin a déraillé entre Chamousset et Aiguebelle. Les wagons se sont renversés, la locomotive a mis le feu avec une rapidité effrayante. Très peu de voyageurs sont saufs. Les détails manquent, nous y reviendrons ».

La douairière était devenue très rouge, puis très pâle :

— Mais... mais... est-ce que Pauline et Roc-Marie auraient pris ce train ? Odyle, Odyle, va me chercher « le Guide des Voyageurs de France » et portant la date de 1842.

La Duchessse feuilleta le volume, lut la table, aucun des noms cités n'y était marqué. Elle s'impatienta, rejeta le livre :

— Trop vieux le bouquin ; ces lieux-là sont en Savoie qui n'était pas alors à la France. Enfin, là n'est pas la question. Odyle, envoie tout de suite ton fils à cheval au Val d'Ombre, qu'il s'informe de l'heure à laquelle mes amis sont partis de Toulousou ; Renaud doit le savoir. Etait-ce hier ? Qu'il trotte, je m'inquiète.

Dix minutes à peine plus tard, Odelin traversait la cour juché sur Sambre, la grande jument alesane qui faisait la paire avec Meuse. Le gamin n'avait pris qu'un licol ; fils du cocher Franlu, mari d'Odyle, il montait à cheval à l'âge de quatre ans.

La Douairière prit dans son aumônière un petit sac de laine tricoté par elle d'où elle ôta son chapelet en grain d'ambre monté en or, béni par le Saint-Père, Pie IX.

— Réponds, Odyle, nous allons prier pour les victimes.

Les deux pieuses femmes eurent le temps de réciter lentement un rosaire, elles y ajoutèrent un « De profundis », les litanies de la Sainte Vierge, puis elles aperçurent, au bout de l'avenue, la silhouette agitée d'Odelin. L'enfant sauta devant le perron, abandonnant sa bête qui savait rentrer seule chez elle et il accourut au salon dont sa mère lui ouvrait la porte :

— Pas de nouvelles, Madame la Duchesse. Monsieur le Marquis et Madame la Marquise sont allés à Thionville ; il y a bal, comédie, grande réception, chez M. le Vicomte de Felcourt.

— As-tu au moins demandé s'il était venu des lettres pour eux, des dépêches ?

— Non. Les maîtres sont partis ce matin avant le courrier. Mais j'ai vu sur le plateau dans le vestibule une dépêche bleue.

— Mon Dieu ! Va dire à ton père qu'il attelle la berline, je pars au Val d'Ombre, je veux lire cette dépêche. Odyle, ma pelisse, mes bottes fourrées ; tu vas m'accompagner.

— Madame la Duchesse, par ce froid, on dirait qu'il va neiger.

— Il neigera. Crois-tu que je peux rester avec cette inquiétude. Prépare ma toilette.

La route était mauvaise ; il venait de passer un train d'artillerie qui avait creusé de profondes ornières; de plus, le ciel gris s'abaissait de plus en plus et, avant d'être seulement à moitié route, la pluie tombait à verse. La douairière frappa la vitre de devant.

— Arrête, Jean-Louis ; Odelin, descend du siège et monte ici près de nous.

Le groom ne se fit pas prier. Il était glacé ; ayant eu très chaud pendant sa randonnée à cheval, il tremblait, bien qu'il eût une bonne capote de drap gris et une palatine de fourrure.

— Mets-toi près de ta mère, petit, en face de moi.

L'enfant obéit. Les serviteurs d'Héricourt étaient traités avec bonté dans cette maison où ils servaient de père en fils. Quand l'équipage arriva au Val d'Ombre, les châtelains n'étaient pas de retour, mais les gens connaissaient la Duchesse. Elle ordonna en entrant :

— Faites du feu dans le petit salon ; donnez un breuvage chaud à Odelin. Où est la dépêche arrivée aujourd'hui ? A quelle heure ?

— Vers midi, Madame la Duchesse, répondit le maître d'hôtel. J'aurais peut-être dû aller la porter à M. le Marquis.

— On va le savoir quand je l'aurai lue.

La vieille dame fit un signe de croix avant de décacheter la petite feuille bleue ; puis, les yeux papillotant, elle déchiffra.

« Manque pas arriver très tôt, on débusque des blaireaux demain.

                              « SAMPIGNY. »

La douairière laissa tomber le papier :

— Retournons vite, ordonna-t-elle, la pluie s'acharne ; nous avons fait une tournée inutile. Au retour les deux femmes dirent encore un chapelet d'action de grâce. Tout de même, elles n'étaient pas trop rassurées et elles avaient grandement raison

<h1 style="text-align:center">IV</h1>

LA CATASTROPHE : MÈRE ET FILS

— Allons-nous traverser le Mont-Cenis ? c'est plus rapide. Notre séjour à Toulousou a été un peu prolongé.

— Cette chère amie ne pouvait se décider à nous laisser partir. Quelle bonne et calme semaine, n'est-ce pas, mère ? On n'avait aucune distraction, rien ne dérangeait notre joie d'être ensemble et le temps courait si vite... Pourquoi toujours se hâter dans la vie ?

— Parce qu'elle court, la vie, et qu'on redoute de n'en pas assez profiter. Tu as étudié l'indicateur, Roc-Marie ?

— Oui, Nous allons jusqu'à Culoz ; là nous prenons la ligne de Turin nous brûlons dans la nuit, et c'est dommage, Chambéry, Saint-Jean-de-Maurienne, Aiguebelle...

— On ne peut pas prendre un train de jour ?

— Ça se pourrait. Mais nous risquerions de man-

quer notre rendez-vous à Rome. Où dînons-nous ce
soir ?

— A Culoz ; ce train n'a pas de wagon-restaurant
sur cette petite ligne. Nous devrons arriver à Turin
de très bonne heure demain.

— C'est le rapide, nous y dormirons fort bien ; j'ai
retenu des couchettes par télégramme.

Au buffet de Culoz, la mère et le fils durent se contenter d'un modeste repas, chose fort indifférente à ces
deux êtres peu matériels. Le train de Genève amena
près d'eux une dame et une jeune fille qui leur de-
mandèrent à partager leur table, les autres étant encombrées. C'étaient des voyageuses discrètes, mises
avec l'élégance sobre d'une tenue de voyage. Elles
étaient évidemment mère et fille. Cette dernière semblait avoir dix-huit à vingt ans. Elle avait un charmant sourire, toute joyeuse de se rendre à Rome, ainsi
que l'apprirent ses voisins par la conversation à voix
contenue, qu'elle avait avec sa compagne, et qu'ils per-
cevaient sans y prendre part. Soudain, la mère s'écria :

— Yolaine, as-tu le sac rouge ?

— Le sac rouge ? mais non, je ne l'ai pas.

— Oh ! il est resté dans le filet du wagon. Je suis
sûre de ne pas l'avoir pris, j'avais ma trousse, les parapluies...

— Et moi les couvertures. Et nos billets, nos places de sleeping qui sont dedans ! Je vais courir au té-
légraphe. Roc-Marie intervint :

— Le train venant de Suisse est encore en gare,
Madame, mais il siffle, il va partir, hâtez-vous.

Yolaine s'élança, Roc-Marie complaisant, la suivit
vite la devança, le train s'ébranlait, le jeune homme
bondit sur les marches d'un couloir, arpenta vite deux
ou trois compartiments où peu de voyageurs se ca-
saient. Il demandait à haute voix :

— Un sac rouge oublié dans le filet, s'il vous plaît.

Un officier aussitôt répondit :

— Un sac rouge, le voilà !

Il tendait l'objet, la portière était fermée, Roc-Marie
l'ouvrit rapidement et sauta malgré l'accélération du
mouvement, mais il était habile à tous les sports et
savait la manière de descendre en marche, l'ayant pra-
tiquée souvent quand il s'exerçait au gymnase. Il revint en courant vers les deux étrangères restées sur le
quai.

— Oh ! Monsieur, fit la mère, en saisissant son bien, comment vous remercier.

— Sans vous, ajouta sa fille, je n'aurais pas pu joindre le train et le sac serait loin. Quelle adresse, sauter à la vitesse déjà accrue !

— Ce n'est rien, Mesdames, revenez donc achever de souper, le rapide de Modane part dans un quart d'heure.

Ils allèrent se remettre à table où Mme de Val d'Ombre les attendait.

— Madame exprima la voyageuse, enthousiaste, votre fils nous a rendu un immense service.

— Et si habilement !

— Vérifiez donc, Madame, si rien n'a été dérobé dans votre sac.

— Oh !

Vivement elle l'ouvrit, elle en tira ses billets, un portefeuille, un stylo, des gants, un chapelet, une enveloppe.

— Non, rien ne manque, dit la jeune fille. Voyez cette lettre, Monsieur, elle est pour le Cardinal Merry del Val qui doit nous présenter au Saint-Père. Si nous l'avions perdue !

Mme de Val d'Ombre souriait :

— Maintenant, tout est pour le mieux.

Le silence retomba entre les voisins de table, l'incident était clos ; ils ne se connaissaient pas. Le hasard les fit se retrouver dans le même compartiment au train d'Italie. Ils avaient des couchettes superposées. Il ne restait plus qu'à dormir.

Discrètement, Roc-Marie quitta le wagon, afin de laisser aux trois femmes la liberté de s'installer. Le train de luxe, assez court, mais comble, filait à toute allure dans la nuit. Le jeune homme suivait le couloir, regardant le ciel tourmenté où se bousculaient les nuages d'où parfois émergeaient la lune et quelques étoiles. Il pensait au petit incident de la soirée. Cette jeune fille est jolie et simple ; évidemment, elle appartient à notre milieu social ; quelle attractive enfant ! Elle s'appelle Yolaine, j'ai entendu sa mère la nommer ainsi. Comme les circonstances nous rapprochent !

Il ne se pressait pas de rentrer. La vitesse était vertigineuse, une petite gare venait de filer dans la nuit avec un éclair de clarté. Le couloir était désert ; chacun voulait reposer. Roc-Marie consulta sa montre :

une heure, Yolaine venait de sortir du compartiment, elle l'interpella :

— Je cherche l'employé qui loue des oreillers, ma mère en voudrait un de plus ; avez-vous aperçu cet homme, Monsieur ?

— Oui, Mademoiselle, il a franchi le soufflet, venez, nous allons le joindre. Ils allèrent vivement. Par un singulier oubli, la porte sur la voie était ouverte :

— Oh ! laissez-moi avant regarder la nuit. A travers les vitres, on ne voit que le reflet du wagon..

— Quelle imprudence, fit Roc-Marie, je vais la fermer.

Elle se pencha un peu. Au même instant, un choc formidable jeta la porte sur elle la lançant au dehors. Roc-Marie poussa un cri ; mais il était lui-même renversé brutalement le wagon entier se couchait en se brisant au milieu d'un craquement de vitres en éclats, de cris effrayants. Il essaya de se relever, embarrassé de débris, ahuri, il y arriva, sans grand mal, à part quelques coupures aux mains et au visage.

— Maman !

A force de courrage et d'efforts, il parvint à ramper jusqu'à l'endroit où il avait laissé sa mère. De toutes parts on entendait des hurlements ; puis un cri sinistre entre tous : le feu !

Roc-Marie montait par-dessus la cloison crevée des compartiments appelant toujours : Maman !

Une voix enfin répondit :

— Là, sous des choses, je ne puis me dégager.

De toutes ses forces, il écarta des morceaux de bois qui tenaient la malheureuse coincée entre eux. Il l'enleva, franchit un trou béant et sauta dans l'ombre. Une fumée intense d'où commençaient à sortir des flammes l'étouffait. Ils étaient tombés sur la terre dans des herbes. Lui n'avait pas de blessures, mais elle ! On ne peut se faire une idée des cris, des imprécations, de l'horreur sans nom qui régnait dans cette nuit, que, de plus en plus éclairait l'incendie activé par un vent violent. A cette sinistre lumière, il aperçut sa mère, le visage plein de sang, un bras inerte, les yeux fermés.

— Mon Dieu !

Il regardait autour de lui, où trouver du secours ? Des gerbes de flammes montaient très haut, la campagne au loin s'irradiait.

— Ah ! une ferme, là-bas, au bout du champ.

Il reprit son cher fardeau dans ses bras. Il était robuste, son énergie décuplée il avançait, voyant comme en plein jour. Sur le seuil de la ferme, une femme, les mains jointes, les yeux agrandis d'épouvante, criait :

— Seigneur Jésus ! ayez pitié d'eux !

— Un lit, fit Roc-Marie, un lit ! je paierai.

— Oh ! entrez, mon pauvre malheureux, entrez, mon lit est là, je viens d'en sortir. Mon homme est parti au secours.

Roc-Marie entra. Sans hésiter, il posa sa mère sur la couche encore chaude.

— De l'eau ! du linge... en grâce.

Il enleva le sang. Une profonde coupure traversait le front ; heureusement la tempe avait été préservée. La brave fermière sortait de l'armoire des serviettes, elle apportait un vase d'eau. Roc banda la blessure, puis il regarda le bras. L'humérus était cassé ; mais les jambes n'avaient pas de mal. Il respira :

— Mère... parle-moi...

Les yeux de l'infortunée Pauline se fixaient sur son fils.

— Toi ! tu n'as pas de mal ?

— Non, rien. Et ce ne sera pas grave, mère, on va te soigner ; dites-moi, bonne fermière, connaissez-vous un médecin par ici ?

— Il y a le docteur Chantoul, au village ; avec ce bruit, cette lumière, il doit être réveillé.

— Vous pourriez envoyer quelqu'un le chercher ?

— Mon gars..., mais ce n'est pas la peine, le voilà.

Un homme accourait par la route, tout ému :

— Quoi, une catastrophe. Miséricorde ! Je cours sur le lieu du sinistre.

Roc-Marie le retint par le bras :

— Docteur, avant, il y a une blessée... plus loin, je crois qu'il n'y a que des morts. Ma mère a l'humérus brisé, docteur.

— Je ferai un pansement extemporané, Monsieur ; plus tard, je verrai, au jour.

— Faites, docteur, je vous donnerai tout ce que vous voudrez.

— Oh ! Monsieur.

— Pardon.

— Tenez le bras de Madame, je vais rapprocher les os, il y a de la crépitation. Je ferai un pansement plâtré quand j'aurai ce qu'il faut.

Aidé du jeune homme, le médecin agissait ; expert, adroit, il eut vite terminé.

— Laissez-là reposer, recommanda-t-il ; je vais au lieu du sinistre, je dois avoir grande besogne.

Il s'enfuit en courant.

Epuisée, ayant perdu beaucoup de sang, Mme de Val d'Ombre refermait les yeux.

— Veillez-là, dit Roc-Marie à la fermière, je vais aller au secours, voici quelques billets bleus.

Il sortit son portefeuille d'une veste en lambeaux.

— Gardez-le moi, dit-il, je le perdrais ; mettez-le dans votre armoire.

— Dieu vous bénisse, Monsieur et guérisse votre maman. Je ne la quitterai pas d'une minute.

Il s'enfuit. La clarté baissait, les cris aussi, c'étaient plutôt d'horribles gémissements, il pensait :

— Qu'est devenue la pauvre Yolaine ? Et sa mère, hélas ! Elle était dans notre compartiment, je n'ai pu m'occuper d'elle.

Un train, le rapide de Genève, arrivait en sifflant. Il aperçut le danger, bloqua à tous freins.

— Enfin ! voilà du secours.

Roc-Marie marchait dans le champ où il était tombé, où devait avoir été jetée Yolaine. Le peu de voyageurs épargnés couraient éperdus, fous d'horreur, l'air sentait la chair brûlée ; les employés du train venant de Suisse se hâtaient au secours des victimes. Ils ne trouvaient que des débris humains au milieu des choses détruites. Roc-Marie eut une idée, il appela : — Yolaine ! il arpenta la voie répétant son appel. Une pauvre voix sanglotante répondit :

— Maman ! où est maman ?

Il s'élança vers elle :

— Vous êtes blessée ?

— Très peu. J'ai été lancée je ne sais où, mais maman ? je la cherche, je l'appelle... Oh ! Monsieur, aidez-moi à trouver maman.

Les deux malheureux enfants cherchaient, l'angoisse au cœur ; l'aube les trouva épuisés, découragés... on emportait dans le train de secours les restes mutilés, méconnaissables ; il n'y avait pas vingt voyageurs de sauvés.

— Je retourne près de ma mère, dit Roc-Marie en prenant la main de la jeune fille, venez avec moi, vous pourrez un peu vous reposer.

— Mais maman !

— Nous allons prier !

Elle tremblait de faiblesse et de douleur. Mme de Val d'Ombre, prostrée, restait inerte. La fermière, en voyant Yolaine si chancelante n'hésita pas. Elle enleva la pauvre petite orpheline et la posa à côté de la blessée.

— Dormez, ma gosse, vous ne tenez plus debout.

Le docteur revint dans la matinée :

— Je n'ai rien à faire là-bas, expliqua-t-il, il n'y a pas de blessés, des morts. Ceux qui ont échappé ont disparu, fous d'épouvante, sans doute, ils couraient dans les champs. Je n'ai jamais vu pareille catastrophe.

— Mais comment est-ce arrivé ? demanda la fermière.

— Un affaissement du sol, un déraillement à une vitesse rapide, la locomotive renversée a mis le feu qui s'est propagé comme un éclair dans tout le train. Je m'étonne, Monsieur, que vous ayiez pu sauver Mme votre mère, votre sœur et vous-même. Enfin, procédons au pansement plâtré du bras de Madame, elle le gardera un mois immobilisé et n'y paraîtra plus. Vous allez m'aider, Monsieur, poursuivit le médecin en préparant son plâtre. A présent, ma petite demoiselle, il faut vous lever.

Yolaine qui avait cédé au sommeil, ouvrit les yeux, vit les choses, puis le sursaut de douleur la saisit :

— Maman !

— Votre maman vivra, ma mignonne, je vais vous expliquer ce qu'il faudra faire, répondit le brave homme.

— Oh ! Monsieur, vous l'avez retrouvée, maman ! supplia la pauvre enfant, les mains jointes.

Roc-Marie comprit l'erreur, il prit doucement le bras de Yolaine que cette cruelle déception allait abattre. Il voulut l'occuper, lui demanda l'ouate, la mousseline, le bassin de plâtre, pendant qu'il soutenait le membre brisé. Le praticien agissait promptement, habilement, ensuite il fit une piqûre anti-tétanique.

— Voilà qui est fini de ce côté ; maintenant, occupons-nous du front.

Il enleva le bandage, la plaie ne saignait plus.

— Quel coup ! dit-il. Ecoutez-moi, mes enfants ; votre mère en réchappera, mais il va falloir de grandes précautions. Aucun choc mental ; après cette prostration, il y aura une réaction, elle aura des cauchemars, elle voudra se lever, elle aura le délire. Il ne faut pas la quitter ni jour ni nuit, vous vous relayerez, mes enfants, vous mettrez des compresses trempées dans un liquide que je vais vous envoyez et vous tâcherez de la calmer par de bonnes paroles. Elle ne les comprendra pas, mais le geste doux, le murmure apaisant...

— Pourrais-je l'emmener dans une maison de santé voisine, docteur ?

— Non. Pas en ce moment, nous verrons plus tard ; il faut vous arranger avec la mère Ludos ; c'est une bonne femme, très propre. Je reviendrai demain ; je vais encore aller au lieu du sinistre ; on transporte dans des cercueils les débris...

Roc-Marie l'interrompit vivement :

— Venez, docteur, j'ai deux mots à vous dire

Ils sortirent dans la cour de la ferme :

— Cette jeune fille n'est pas ma sœur, expliqua-t-il ; sa mère a dû être carbonisée.

— Ah ! la malheureuse. En effet, ne parlons pas devant elle de ces horreurs. Imaginez qu'il y a déjà des gens, là-bas, qui fouillent dans les débris pour trouver de l'or, des bijoux.

V

ROC-MARIE

Roc-Marie s'était organisé de son mieux dans la ferme des Ludos : l'Alvarède. Les braves gens avaient donné leur grande chambre pour la blessée. Ils y avaient ajouté un lit de fortune pour sa jeune compagne. Quant à son fils, il partageait une pièce, à côté de l'étable, avec le garçon des fermiers.

Roc-Marie avait apporté à tous ces arrangements le plus de confort possible. Il s'était, tout d'abord, préoccupé d'acheter du linge et des vêtements. Aucun des bagages des voyageurs n'avait été retrouvé, le feu ayant accompli son œuvre de destruction. Le modeste village offrait bien peu de ressources. Il y découvrit cependant un costume d'ouvrier en velours brun à côtes, car sa veste n'avait plus qu'une manche et il se procura une casquette pareille.

Mais pour sa mère et sa compagne d'infortune, il

n'existait rien, sauf quelques étoffes de laine en pièces. Il choisit une flanelle grise, peut-être Yolaine, aidée de la fermière, pourrait-elle coudre avec cette étoffe une robe passable. Il fit envoyer le tout à la ferme ; chacun au village se mettait à la disposition du rescapé. C'était à qui lui présenterait des offres de service. Il dévalisa la petite épicerie et, enfin, pourvu de tout ce qui était possible, il entra à l'église. Il avait besoin de recueillement, de solitude, pour se reprendre avec lui-même ; ses nerfs ébranlés, sa tête bourdonnante, encore emplie de l'infernale vacarme de la catastrophe, ne lui laissaient pas le calme de ses pensées.

Il s'agenouilla au premier rang du sanctuaire absolument désert. Il avait gardé une habitude d'enfance, il parlait au bon Dieu comme à son père, outre les prières rituelles, il imaginait des phrases en rapport avec son cœur, avec sa foi ardente. L'abbé Raysal qui avait été son précepteur, lui avait laissé prendre cette très douce coutume de confiance.

« Notre Père, disait Roc-Marie, Vous nous avez laissé la vie à maman et à moi, c'est donc que notre tâche n'est pas finie en ce monde... Un obstacle s'est dressé entre mes projets et leur réalisation... Je ne devais donc pas aller à Rome ; Vos intentions divines ne seraient-elles pas de faire de moi un de Vos ministres, un de Vos évangélistes, mon Dieu ! Est-ce que ma vocation chancelle... Est-ce que cette route coupée devant moi va prendre une autre direction. Tous mes projets sont renversés. Quand ma mère chérie sera transportable, nous irons à Chambéry achever sa guérison... longue. Et moi, je ne devrai pas l'abandonner. Mon devoir est près d'elle. Et cette infortunée jeune fille ? réellement jetée sur mon chemin... ai-je un devoir vis-à-vis d'elle ? »

Roc-Marie fut dérangé par l'entrée du curé. Il venait préparer son autel ; il aperçut le jeune homme, vint à lui.

— Mon enfant, vous êtes échappé au massacre et vous remerciez le ciel. Demain matin, on conduira ici les restes des victimes retrouvées après le départ du train sauveteur et trop dénaturées pour être reconnues. Des os à demi-carbonisés... des lambeaux... Je célébrerai un office pour implorer le pardon des voyageurs surpris par la mort.

— Monsieur le curé, ils ont pu se croire en enfer.

— Leur martyr sera compté, mon fils ; vous pensez bien qu'avec le bruit, l'illumination terrible de la voie, je me suis réveillé. J'ai couru aussitôt sur le lieu du sinistre et j'ai pu donner l'absolution aux mourants. J'ai offert leurs tortures pour leur salut. Jusqu'à la fin de la nuit, j'ai prié et absous d'aussi près que possible les victimes du désastre. Quelqu'un des vôtres est-il...

— Non ; ma mère est gravement blessée...

— Elle est à l'Alvarède, je sais. Demain à la messe, je penserai à elle. Mon enfant, Dieu vous bénisse.

Le rescapé rentra rapidement ; il ne s'était que trop attardé. Si sa mère l'avait demandé pendant son absence. Mais non, l'état de prostration la laissait inerte. Il arriva comme Yolaine soutenait le front bandé, présentant aux lèvres de la malade, une cuillerée de réconfortant. Adroite, patiente, douce, elle accomplissait son rôle d'infirmière sans bruit. Roc-Marie la regarda, ému. Quel changement en elle pendant ces vingt-quatre heures. La jolie créature rose et gaie, qui avait dîné près de lui, à la gare, montrait maintenant une pauvre figure pâle, tirée, les yeux enfoncés, rougis, à l'expression navrante.

Avec d'infinies précautions, la petite garde-malade replaçait la tête de la blessée sur l'oreiller ; puis, sans un mot, elle retournait s'asseoir près de la fenêtre où déjà elle s'était mise à coudre pour réparer la détresse de son costume. Roc-Marie prit une chaise et vint s'asseoir près d'elle.

— Mademoiselle, voulez-vous que nous causions un peu. Un malheur inouï veut que nous soyions ici comme des amis — vous soignez ma mère avec tant de bonté — et nous ne savons rien l'un de l'autre, pas même nos noms.

— A quoi bon. Si je peux être un peu utile ici, je resterai ; après, je partirai.

— Mais où ?

— ...Là-bas, d'où est partie maman ! Je me coucherai sur la voie, j'attendrai qu'un train passe et m'envoie la trouver là-haut.

— Comment ! vous tuer ?

— Partir ! Je n'ai pas d'autre moyen de la rejoindre.

— Pauvre petite. Ne parlez pas ainsi. Votre maman qui comprend à présent le pourquoi des événements, veut que vous restiez encore sur la terre puisque Dieu vous y a laissée. N'avez-vous plus votre père ?

— Non. J'avais seize ans quand il nous a quittées

pour toujours ; maman et moi vivions ensemble avec un seul cœur ; elle n'avait que moi, je n'avais qu'elle.

— Mais il vous reste des parents ?

— Lointains. Une grand'mère, remariée aux colonies que j'ai vue juste une fois dans ma vie.

— Vous n'aviez ni frères, ni sœurs ?

— Rien. On se suffisait ; nous avions de bons amis, nous vivions heureuses, si heureuses !

— Où ?

— A Genève ; chaque année nous faisions un beau voyage ; à Paris, à Londres, aux lacs italiens. Cette fois nous allions à Rome.

— Vous êtes Genevoise ?

— Je suis née en Suisse, mais papa était Français, ingénieur ; il construisait une ligne de chemin de fer stratégique sur la frontière. En quoi cela peut-il vous intéresser ?

— Je voudrais vous aider, mon enfant.

— Vous m'aidez ; je n'ai rien, pas d'argent, maman en avait sur elle, alors vous me nourrissez, vous payez les Ludos.

Roc-Marie posa sa main sur celle de la petite malheureuse :

— Ma pauvre enfant, n'ayez pas d'amertume ; jetez-vous dans les bras de la Sainte Vierge, vous êtes pieuse, j'ai vu un chapelet dans votre sac rouge.

— Je priais avec maman ; puisque Dieu me l'a ôtée, je ne veux plus prier. Quel mal ai-je fait, moi ; vous avez bien sauvé votre mère, vous ! Tenez, la voilà qui s'agite ; tout à l'heure elle a voulu se lever ; je vais renouveler la compresse.

Mme de Val d'Ombre ouvrait des yeux hagards, elle criait :

— Le feu ! La bête qui arrache mon bras ! Au secours !!

Elle essayait de sortir du lit. Son fils la recoucha doucement avec des mots de tendresse, pendant que la jeune fille rafraîchissait le bandeau avec une compresse glacée. Elle rapprochait la boule d'eau chaude des pieds de la malade ; elle lui fit avaler une cuillerée de potion calmante, puis, sans un mot, sans un regard, elle retourna prendre son aiguille.

— Elle aura subi une commotion cérébrale, pensait le jeune homme en contemplant Yolaine. Ce visage blême, ces yeux durcis, ces lèvres crispées, même sa

voix sèche, ne rappelaient en rien la délicieuse jeune
fille au sac rouge.

— Il faut pourtant que j'arrive à lui faire du bien ;
voilà maman qui se rendort.

Il s'éloigna du lit sans bruit, revint près de Yolaine :

— Ne vous fatiguez pas à travailler, j'ai prié notre
logeuse de faire coudre des vêtements pour ma mère et
pour vous.

— Les miens me suffisent.

— Voulez-vous me dire votre nom, nous voilà ici
comme des Robinsons jetés dans le naufrage.

— Je m'appelle Yolaine de Marnef.

— Vous n'auriez pas le désir d'écrire à quelqu'un
de chez vous ? Moi, j'ai adressé ce matin une lettre à
mon frère et à ma marraine. Le récit de l'accident dans
les journaux a dû les effrayer.

Elle ne répondit pas ; ses doigts fébriles maniaient
l'aiguille. Il reprit de nouveau :

— Vous ne me demandez pas mon nom ni mon pays...

Elle eut un geste d'indifférence.

Lui, découragé, attendit un moment, puis se leva et
sortit.

Une équipe d'ouvriers travaillait activement sur la
voie. Déjà on avait déblayé le passage ; les amas de
débris étaient jetés dans les champs, un contremaî-
tre surveillait les travailleurs. Ils rapportaient quelques bijoux, de l'or, de l'argent demi-fondu, des ser-
rures de malle, des clefs. Dans un tas à part on voyait
quelques ossements calcinés.

Roc-Marie pensait :

— Si je pouvais découvrir l'alliance de Mme de
Marnef... une bague, une chaîne de montre... mais
je ne saurais les reconnaître ? Quand Yolaine a été
projetée dehors par le battement de la portière, elle
a dû tomber assez loin dans l'herbe haute ; nous étions
à ce moment tout à fait en queue du train. Nous devions passer dans le couloir du dernier wagon. Je me
souviens qu'elle avait gardé à la main son sac rouge.
Elle l'a donc perdu dans sa chute, mais il n'a pas dû
brûler.

Suivant son raisonnement, il marchait au bout de
l'endroit néfaste où l'herbe était à peine foulée. Un
buisson d'épines se trouvait contre le talus du chemin
de fer. Roc-Marie avait remarqué que les joues et les
mains de Yolaine étaient égratignées, sa robe avait
des accrocs multiples. Pour être en pareil état, elle

avait dû traverser des ronces qui, d'ailleurs, avaient amorti le choc. Il arracha un fragment de la palissade brisée sur la voie et, brin par brin, fouilla les épines : Il y en avait de rompues, d'affaissées, un fragment de foulard blanc retint son attention.

— Ah ! un morceau du corsage de Yolaine ! Elle est tombée, là. Sans doute elle est restée un moment ahurie, brisée, peut-être évanouie. Après elle s'est arrachée du roncier, le sac a dû rester sûrement. Nul n'a eu l'idée de chercher jusqu'ici.

Pourtant, il ne découvrait rien ; la nuit le surprit dans ses explorations, une pluie fine tombait, il reprit le chemin de la maison. Cette maison hospitalière où, dans sa détresse, il avait trouvé un asile. Que de détails providentiels ! Et, soudain, ce fut le sac rouge qui tomba à ses pieds. Un chien de berger jouait avec, le lançant, le reprenant. Roc-Marie s'en saisit, tout heureux de pouvoir rapporter cette relique, passablement abîmée par les crocs du chien, mais non ouverte. Il hâta le pas, le souper était servi dans la cuisine; par la porte ouverte de la chambre, il aperçut Yolaine en train de faire avaler à sa malade un œuf frais.

— L'aimable créature, songea-t-il ; je vais donc pouvoir lui causer un petit plaisir !

Et il en éprouva un lui-même, un grand, quand il vit briller dans les yeux ternis de celle qu'il voulait consoler, un faible rayon.

Elle ouvrit le minable objet, en tira le chapelet de perles intact et le montrant au jeune homme.

— J'y tenais tant ! c'est celui de ma première communion.

— Nous le réciterons ensemble, voulez-vous ?

VI

LA NUIT S'ÉCLAIRCIT

Toute la semaine s'écoula ; les choses changeaient d'aspect. Maintenant, on entendait de nouveau passer les trains ; la voie était réparée, les voyageurs n'étaient plus obligés de descendre de leur wagon, de passer à pied le lieu de la catastrophe et de remonter ensuite dans un autre train qui les attendait à l'opposé du barrage. A la ferme, chacun accomplissait sa besogne avec calme ; Mme de Val d'Ombre avait

EL quelque crises violentes, mais elle s'apaisait progressivement. Yolaine ne la quittait pas. Aussitôt que la blessée n'apercevait plus son infirmière, elle s'agitait, elle ne semblait pas reconnaître son fils. Les mots qu'elle prononçait n'avaient trait qu'au danger, à la peur, à la souffrance, la matière parlait seule. La plaie se fermait sur une forte dépression, elle resterait défigurée.

Les deux jeunes gens échangeaient à peine quelques mots ; ils avaient pris l'habitude de réciter une prière ensemble, agenouillés près de la malade ; c'était leur seul rapprochement.

Roc-Marie prenait ses repas avec les fermiers. Yolaine, après avoir fait absorber les siens à Mme de Val d'Ombre, allait seule se servir, pendant que le jeune homme gardait sa mère.

Une nuit, Yolaine fut éveillée subitement ; elle aperçut à la lueur de la veilleuse, la blessée debout. Elle s'élança aussitôt.

— Madame, recouchez-vous, vous allez prendre froid.

— Mais où suis-je ? Renaud, Roc-Marie... mes enfants.

Cédant à la douce pression de son infirmière, la malade se laissait replacer sous ses couvertures, elle retenait la main qui la soignait.

— Vous êtes Armande... qu'est-ce que je fais ici ?

Les yeux de l'infortunée avaient repris leur aspect normal ; ce n'était plus la prunelle roulante, égarée.

— Ah ! Dieu soit loué. Votre intelligence est revenue.

— Mon enfant, que m'est-il arrivé ?

— Un grand choc ; voulez-vous que j'appelle votre fils, il va être si heureux !

— Il est près d'ici, au Val d'Ombre ?

— Non. Il dort.

— C'est vrai, il est nuit ; mais vous ? vous dormiez aussi dans ma chambre, près de moi...

— Je suis près de vous depuis l'accident. Soyez tranquille, je vais aller prévenir votre fils.

Elle sortit sans bruit, tira le verrou de la porte allant dans la cour, qu'elle traversa au clair de lune pour joindre l'étable et frapper au volet de la chambre du jeune homme.

— Quoi, s'écria celui-ci. Elle est plus mal ?

— Au contraire. Sa lucidité est reparue, venez.

Elle ne l'attendit pas, elle grelottait, à peine vêtue
Rentrée chez elle, Yolaine se vêtit en hâte.

— Il arrive, Madame, dit-elle.

— C'est votre mari, n'est-ce pas ? C'est Renaud ?

Roc-Marie rentrait sur ces mots, il se précipita vers
sa mère, la prit dans ses bras :

— Maman chérie, tu nous es enfin rendue !

— Mon enfant, comment se fait-il que tu sois ici
avec ta femme ; la chère petite, comme elle m'a bien
soignée ! C'est elle qui me veillait à toute heure. Venez que je vous embrasse, ma fille.

— Je ne suis que votre infirmière, Madame. Je vais
allumer la lampe, vous le verrez.

Elle posa la lumière sur la table. Le jeune homme
lui saisit la main, l'entraîna tout près de sa mère :

— Oui, maman, elle est ton infirmière ; mais quel
dévouement ! Tu l'as appelée ta fille, elle mérite de
l'être. Avant l'accident, dans le wagon, souviens-toi
de notre voisine...

— Monsieur, interrompit Yolaine, vous allez fati-
guer Madame. Un éclair a traversé sa nuit, ménagez-
la ; restez près d'elle sans l'obliger à penser.

Elle parlait sérieusement, comme si l'expérience la
commandait. Elle dégagea sa main que tenait Roc-Marie et quitta la chambre.

Il n'osa la retenir, s'assit au bord du lit :

— Tu es sauvée ! A présent, ce n'est plus qu'une
affaire de jours pour que tu sois tout à fait bien.

— Je sais confusément ce qui est arrivé, tout est
brouillé dans ma pauvre cervelle. Dis-moi, tu n'as eu
aucun mal, toi ?

— Non. Dieu m'a montré une telle protection !
Ecoute et juges-en.

A voix presque basse, au milieu du calme profond
de la campagne, Roc-Marie fit le récit du drame. Il
montra comment Yolaine et lui avaient évité d'être
broyés grâce à leur sortie du compartiment juste à la
minute néfaste ; la jeune fille précipitée sur le talus et
lui pouvant revenir arracher sa mère à l'incendie. Il
ajouta, tristement, la perte de Mme de Marnef.

— Oh ! je me rappelle, fit Mme de Val d'Ombre ;
la cloison s'est effondrée sur elle. Alors, tu as ra-
mené la malheureuse enfant avec nous chez la fermière. Dans mon ahurissement, je l'ai prise pour Armande et toi pour Renaud. Je l'ai appelée ma fille.

— Elle n'a personne pour l'aimer à présent...

— Elle nous a. C'est son pâle visage qui s'est penché sur moi pendant mes heures d'égarement. Ce sont ses petites mains qui rafraîchissaient mon front. Il ne faut pas l'abandonner.

— Je n'en ai nullement le désir, mère ; j'ai vécu près d'elle pendant ces moments d'angoisse. Dix jours exactement, mais je trouve qu'ils valent des mois ; j'ai pu admirer son cœur.

— Et son dévouement, son intelligence.

— Maman, penses-tu que j'allais vraiment au-devant de ma vocation ?

— Tu le croyais... Rien ne t'y forçait, ton frère, ta marraine, moi-même t'engagions à différer une belle décision. Si, parmi tant de morts... gît ta vocation, crois bien que nul ne t'en fera reproche, mon enfant.

La mère eut un sourire qui se refléta dans les yeux du fils ; leur premier sourire après l'accident. Elle reprit :

— Je devine..., mon Roc-Marie, ta compagne de sauvetage t'émeut.

— Ne trouves-tu pas que les événements parlent ?

— Je le trouve. Que sais-tu d'elle ?

— Bien peu, juste son nom, son pays, mais ce que j'ai constaté, c'est sa vertu, sa piété, son amour filial.

— Laissons aller les choses ; nous ne savons pas nous-mêmes arranger notre avenir. L'heure n'est guère bien choisie pour discuter ensemble, je te prive de ton sommeil. Où est ta chambre ?

— Ma chambre est un confortable réduit, derrière l'étable qui le parfume. Aux solives pendent des chapelets d'oignons, mon matelas est de paille de maïs, mon oreiller de balle d'avoine, mes draps d'épaisse toile bise et j'y suis parfaitement bien puisque tu es là.

— Et la jeune fille ?

— Elle a toujours partagé ta chambre. Au fait nous l'oublions ; elle s'est enfuie par discrétion sans doute, pour nous laisser seuls. Elle ne peut être qu'à la cuisine, je vais la prier de réintégrer son poste ; je retournerai dans mon palace finir la nuit ; le jour doit être encore loin. Elle tendit les bras, ils s'étreignirent.

— Que d'actions de grâces nous devons au ciel !

La cuisine était déserte ; sauf une vieille chatte qui n'allait plus aux souris et dormait en rond près des

cendres chaudes, il n'y avait personne dans la grande
pièce. Il entr'ouvrit la porte de la soupente où repo-
saient les fermiers, leur souffle paisible indiquait qu'ils
n'avaient pas été dé.angés. Il alla au grenier, à la
grange, à l'étable, rien. Il appela dans la cour : Yolaine ! Le chien aboya, ce fut tout. Alors une idée
terrible jaillit à son cerveau. Elle est partie ! Elle a
suivi son intention : « Je m'en irai quand je ne serai
plus utile. » Pauvre petite, elle s'est dit : « Ils sont
heureux ensemble, mère et fils ; mois je suis de trop,
je n'ai plus de mère... Allons retrouver la mienne chez
le bon Dieu. »

Epouvanté, Roc-Marie se mit à courir dans la nuit,
à travers la prairie ; il voyait la ligne du chemin de
fer moins sombre qui terminait l'herbage, la ligne
tragique dont quelques reflets de lune faisaient briller les rails. Il entendait au loin, répercuté par l'écho,
le roulement du train de Chambéry qui passerait là
dans un instant. Une sueur froide inondait son front,
il courait à perdre haleine. On n'avait pas encore remis
entièrement la palissade de la voie qui restait abor-
dable sur un long espace. Il grimpa le talus, le pré
étant en contrebas. Le train sifflait à la courbe ; bientôt il allait déboucher à l'entrée du vallon. Roc-Marie
ne voyait rien sur cette voie éclairée à peine par la
lune décroissante. Rêvait-il ? Etait-ce une ombre qui
se dressait lentement, juste au milieu des rails, les
bras levés vers le ciel. Il eut un cri déchirant : « Yolaine ! » Mais l'ombre ne remua pas. La terre vibrait
sous la formidable pression de l'énorme locomotive
suivie de ses wagons. Elle accourait vertigineuse, sif-
flante.

Roc-Marie fit un bond prodigieux, il aggrippa la statue vivante, immobile, folle, qui allait disparaître à
la seconde, il la jeta de côté et tomba avec elle sur
la ligne parallèle. Le train passa en trombe. Les deux
pauvres enfants gisaient tremblants sur le sable, in-
capables de se relever encore, le cœur défaillant. Yolaine se dressa la première :

— Encore vous, criait-elle, mais laissez-moi donc
m'en aller.

Il n'eut que le temps de la saisir à nouveau, le train
venant en sens inverse arrivait à son tour. Il étreignit
la malheureuse qui se débattait, et roula avec elle
jusqu'au pied du talus.

— Mon Dieu !

Ils durent rester un long moment avant de reprendre leur souffle ; le contact de l'herbe glacée, humide, fit frissonner Roc-Marie après la course éperdue qu'il venait de fournir. Il se remit, balbutia :

— Vous êtes donc tout à fait folle ! Un suicide, c'est le meilleur moyen de ne jamais retrouver votre mère. Ceux qui se tuent ne vont pas en Paradis. Allons, venez.

— Non. Allez-vous-en. A présent, c'est fini ; vous n'avez plus besoin de moi.

— Si, Yolaine, toujours. Pourquoi, ma pauvre petite, être méchante, ne pas vouloir comprendre que si la Providence vous a pris votre meilleure tendresse, elle vous en donne une autre en compensation, faible maintenant... mais qui sait si vous n'en éprouverez pas la force un jour. Celle que vous avez soignée vous ouvre les bras, jetez-vous-y confiante, donnez-lui votre affection et bientôt, peut-être, vous la nommerez de ce nom que vos lèvres ont toujours prononcé : Maman !

Elle eut une crispation ; sa main, que tenait solidement son compagnon, le griffa cruellement, mais il ne le sentit pas.

— Ce serait une profanation, cria-t-elle : Maman ! hors la mienne, personne.

Elle s'affaissa à terre sanglotante.

La lune s'était cachée ; la froide aurore allait percer ; les lointains sommets devenaient moins sombres. Roc-Marie prit un parti que ses membres robustes facilitaient ; il enleva Yolaine, la posa sur son épaule et reprit à grands pas le chemin de la ferme. La jeune fille ne bougeait plus, elle avait perdu connaissance.

VII

QUE FAIRE ALORS ?

La mère Ludos allumait le feu ; à la vue de ses deux pensionnaires, l'un portant l'autre, ele s'exclama :

— Quoi encore ! Une autre blessée ?

— Non, grâce au ciel.

— Ah ! c'est la petite infirmière. Mettez-là près du feu, elle est glacée ; savez pas, Monsieur, cette jeunesse, on dirait qu'elle veut se détruire. Elle est des jours sans manger... faut que je la force quasiment.

La digne femme préparait le café dont le parfum se répandait dans la vaste pièce. Yolaine, les yeux ouverts, les mains inertes, fixait la flamme dansante et joyeuse.

— Tenez, Monsieur, reprit la fermière, voilà qui est prêt ; portez le déjeuner à votre maman, je vais servir cette innocente et j'irai la mettre au lit.

Yolaine leva la tête, fit un geste pour se lever, mais elle dut se contenter de l'intention, privée de courage.

— Tiens-toi tranquille, ma pauv' gosse, continua la fermière, avale le bon café bien chaud ; faut pas se délaisser, ma fille, à ton âge y a encore le soleil à voir briller.

Un regard très doux de Yolaine remercia la bonne femme ; elle mit son bras à son cou et se haussa pour l'embrasser.

— C'est bien, fillette, tu as besoin qu'on t'aime t'as plus de maman, toi et eux deux, à côté, ils sont ensemble ; sois pas jalouse, ce gars-là, il a du cœur. Mange ta rôtie, tu es si faible. Et puis j'irai te coucher dans mon lit où tu seras bien tranquille ; le père est parti à Allevard, au marché.

Roc-Marie avait jugé inutile de raconter à sa mère la scène de la nuit ; il ne voulait lui causer aucune émotion. Seulement, après son petit repas, il lui conseilla de reposer pendant qu'il irait au village chez le docteur Chantoul pour lui demander de venir constater le grand mieux de sa malade et de voir s'il serait possible de lui donner la permission de partir bientôt. Le jeune homme marchait vite sur la route le long du ruisseau où se concentrait la brume, il frissonnait l'esprit inquiet. Que faire ? Il avait charge d'âme. Les événements étranges, survenus si vite, cette catastrophe inouïe déplaçait sa vision d'avenir, le laissait perplexe. Ce garçon loyal, brave n'avait jamais eu besoin de dépenser une grande somme d'énergie. Elevé entre un précepteur instruit, à l'âme élevée et virile, et sa tendre mère, il gardait en lui des principes solides qui devaient déterminer les actes de sa vie. Mais il n'avait jamais encore eu l'occasion de compter sur soi, de constater sa propre valeur en face d'une grave décision. Il venait d'arracher une jeune fille à la mort affreuse et criminelle que lui devait-il de plus ; son rôle ne pouvait-il finir là ? Où était-il écrit ce rôle ? Dans son cœur, peut-être. Quand il arriva à la porte du médecin, c'était le début d'un jour terne, le village était désert, le froid faisait se clore toutes les portes. Il sonna à celle du médecin :

— Le docteur est là ? demanda-t-il à la servante qui lui ouvrit.

— Oui, Monsieur, il est en train de déjeuner avec Madame.

— Veuillez le prévenir, s'il vous plaît.

— Entrez, Monsieur.

Elle l'introduisit dans la salle à manger où, devant un bon feu, fumaient sur la table la théière et le pot au lait.

A la vue de l'arrivant, le docteur se leva :

— Ah ! vous m'apportez des nouvelles, mon jeune ami.

— Oui, docteur, d'excellentes ; ma mère bien-aimée a recouvré toute son intelligence.

— J'y comptais. C'était un rude coup, mais la boîte crânienne est solide. Maintenant, il ne faut pas qu'elle se fatigue l'esprit ; qu'elle prenne encore du repos et des remontants, elle a perdu beaucoup de sang ! Pour exciter l'appétit, engagez-la à se lever, à faire quelques pas sur la route, au soleil, soutenue par vous. Emmenez donc aussi promener la petite infirmière, elle s'étiole.

— Elle m'effraie, docteur ; la pauvre enfant a subi un traumatisme moral, si on peut s'exprimer ainsi. Elle a une idée fixe : aller retrouver sa mère... là-haut... et elle essaie d'attenter à ses jours.

— Oh !

— Mais oui, cette nuit...

— Monsieur, intervint Mme Chantoul, asseyez-vous donc près du feu et laissez-moi vous servir une tasse de thé, vous paraissez épuisé.

— C'est vrai, s'écria le docteur. A quoi pensais-je ! Vous êtes blême, mon enfant. Vous n'avez, je le parie, pas pris le temps de déjeuner avant de partir.

— Le fait est que je l'ai oublié. Merci, Madame, vous êtes parfaite. L'événement de cette nuit m'a bouleversé.

— Mais il est heureux, puisque notre malade comprend.

— Ce n'est pas à cela que je pensais... Notre jeune amie a voulu se jeter sous le train de trois heures cette nuit.

— Comment ! c'est invraisemblable.

— Oui, mais réel. Elle s'est échappée et il s'en est

vraiment fallu d'une seconde... heureusement, j'ai pu prévenir la catastrophe.

— Voilà l'explication de votre aspect, fit Mme Chantoul ; vous aviez l'air effaré en entrant. Buvez donc votre thé.

— Pauvre petite, dit le docteur pensif, sa force de résistance est trop ébranlée ; c'est elle maintenant qu'il faut soigner, surtout son moral. Elle habite avec vous, quels sont ses antécédents ?

— Je l'ignore. Elle ne vit avec nous que depuis huit jours. Elle parle à peine, elle reste renfermée en elle-même.

— Elle comprenait et exécutait à merveille mes ordonnances, qu'est-ce qui a pu la jeter dans cette triste résolution ?

— L'idée que ma mère étant guérie, elle n'est plus utile en ce monde.

— Elle n'a donc aucun parent ?

— Il paraît que non. On dirait que la Providence m'a chargé d'elle.

— C'est possible. Alors, Monsieur, acceptez le poste. Voici ce qu'il faut obtenir de votre protégée : tout d'abord d'écouter vos raisonnements, de vous promettre de ne pas recommencer une semblable folie. Agissez sur sa volonté par la force de la vôtre. Dictez-lui mentalement ses résolutions.

— De l'hypnotisme.

— Non, de la suggestion ; je vais lui donner des fortifiants ; j'aurais déjà dû le faire. Elle paraissait attachée à Mme votre mère qui pourra beaucoup la consoler en lui témoignant de la tendresse.

— Pour moi, observa Mme Chantoul, je pense que le mieux serait d'éloigner l'orpheline de cette fatale voie ferrée. Il faudrait changer ses idées, l'obliger à un travail. Tant qu'elle a été occupée à une besogne d'infirmière, elle ne songeait pas au suicide.

— C'est juste, approuva le médecin. Mais qui peut se charger d'elle ? Quelle est sa situation en résumé ?

— Ce que je déduis du peu que j'ai pu observer, c'est qu'elle appartient à un milieu de bonne éducation et, je crois, fortuné. Dans les circonstances actuelles, ma mère ne demandera qu'à la garder avec elle. Quand pourrons-nous partir, Docteur ?

— Bientôt. Cependant, je voudrais voir la plaie du front totalement cicatrisée. Quand au bras plâtré, conme il l'est, il ne risque rien. Où voulez-vous aller, Monsieur ?

— J'espère qu'à petites journées nous pourrions nous rendre chez nous, dans les Ardennes.

— C'est long, trop long pour le moment. D'autant que de remonter en chemin de fer causera à la blessée une secousse désagréable.

— Oh ! sûrement. Mais nous devons être... vaccinés contre le mauvais sort, docteur.

— En effet. Si vous étiez plus confortablement installés, Monsieur, je vous conseillerais de rester encore ici une huitaine de jours. Ensuite... eh bien, on verrait. Je vais me rendre avec vous à l'Alvarède. J'ai hâte de voir ma cliente. Attendez-moi. Je vais sortir ma petite « cinq chevaux ».

Roc-Marie prit congé de la bonne Mme Chantoul ; un quart d'heure plus tard il arrivait à la ferme en compagnie du médecin.

Mme de Val d'Ombre, assise dans son lit, tendit sa main valide au docteur qui souriait en s'approchant de cette malade au clair regard à présent.

— Voilà une transformation, Madame ; il n'y a plus d'élancements dans cette tête-là. Elle est solide comme du granit. Seriez-vous Bretonne, par hasard ?

Il riait, et elle répondit de même :

— Vous êtes devin, docteur, je suis née en Loire-Inférieure dans un joli petit pays qui s'appelle Pornic. Allez-vous me donner mon exéat ?

— Pas encore. J'ajouterai même qu'il me sera cruel de le donner.

— Une galanterie ! Dites-moi, Docteur, je vais être défigurée ?

— Un peu. Qu'importe, vous restez à votre fils.

— Oui, mais comme il est plus agréable de n'avoir pas devant soi un objet repoussant !

— Maman, tais-toi ! Tu seras toujours la belle des belles pour nous et la bonne des bonnes pour tous. As-tu revu ta petite infirmière ?

— Oui, la mère Ludos a voulu l'envoyer reposer, mais la jeune fille a imaginé que, puisque j'étais guérie, elle devait procéder à une toilette soignée pour se présenter à moi.

— Ah ! voilà un excellent symptôme, constata Chantoul ; voulez-vous l'appeler, Monsieur, je veux lui expliquer les nouveaux soins qu'elle doit encore donner à

Mme votre mère. Je veux lui dire aussi combien elle est toujours nécessaire ici.

Yolaine avait quitté la robe salie par son escapade de la nuit et s'était vêtue de l'espèce de blouse grise en bure du pays, cousue par ses soins ; elle l'avait ornée d'un col de fil fait au crochet, ce qui lui donnait un air monacal, démenti par les deux souples tresses blondes qui descendaient sur ses épaules. Ses joues très pâles, déjà amaigries, ses grands yeux de saphirs avaient une expression touchante profondément mélancolique. Mme de Val d'Ombre l'attira près d'elle :

— Ma chérie, ma petite garde-malade !

— Vous avez été admirable, Mademoiselle, accentua le médecin ; mais votre tâche est loin d'être finie. Je crois indispensable que Madame demeure encore ici quelques jours.

— Ensuite, vous nous accompagnerez en voyage, mon enfant, reprit la blessée ; en vérité je ne saurais plus me passer de vous.

— Vous avez votre fils, Madame.

— Oui, mais il me faut aussi une fille, où voudriez-vous donc aller ?

Yolaine serra les lèvres, ses yeux se durcirent.

— Nous sommes des amis de trop récente date.

— Oui, ajouta le jeune homme, mais il y a des jours qui comptent comme des années !

Elle leva vivement sur lui ses yeux limpides dénués de douceur ; un éclair y passa, hostile, puis elle détourna la tête ; le rayon vif, énergique, des prunelles du jeune homme avait choqué les siennes.

VIII

L'ODYSSÉE DE LA DOUAIRIÈRE

— Odyle ! Odyle !

Le ton de cet appel était si angoissé que la femme de chambre de la duchesse d'Héricourt bondit de sa chaise et courut suivie de son peloton de laine qui se déroulait à sa suite, jusque dans le petit salon où se tenait sa maîtresse. La digne servante travaillait à portée de voix, dans un confortable « retiro » situé dans la tour du Midi. Quand elle aperçut sa vieille patronne, pâle comme son bonnet de dentelle blanche, une lettre dépliée à la main, elle pressentit un malheur.

— Qu'arrive-t-il, Seigneur ?

— Vois. Mme la marquise Pauline qui est blessée ! Un accident de chemin de fer. Ça devait arriver avec ces infernales machines.

— Pas gravement ?

— Si, mon filleul m'écrit, tellement troublé, que ses lignes sont à peine compréhensibles. Je pars, je pars tout de suite. Dis à ton mari d'atteler, prépare ma malle, la « vache », tu sais, qu'on met sur la « Chaise ». (On appelait ainsi autrefois une malle en cuir plate qui épousait la forme de la capote de la voiture de voyage). Prends aussi ce qu'il te faut ; dans une heure, je veux être en route.

— Où est-ce que nous allons, Madame la Duchesse ?

— Ah ! oui, voyons ; tiens, la feuille est tombée ; donne, je vois mal, je n'ai pas mes bonnes lunettes. Regarde, en haut de la page.

— Je lis : l'Alvarède, Savoie. Alors, c'est là qu'on va ? Est-ce que les chevaux pourront ?...

— Les chevaux, avec des relais. Ils m'ont bien menée l'an dernier à Rheinfelden, au bord du Rhin. Va toujours chercher Jean-Louis.

Odyle avait été à l'école ; elle se souvenait que la Savoie ne devait pas être très voisine des Ardennes.

Pendant son absence, la douairière relisait sa lettre.

« Pauline, ma chère Pauline ! mon pauvre Roc-Marie ; oui, je vais à vous ; oui, je pars, je vous ramènerai ici. On ira faire un pèlerinage ensemble. Ah ! la néfaste invention que les chemins de fer. Ils nous ont toujours porté malheur ! Mon père enfermé dans le train qui a brûlé à Versailles, au début des essais, quand on fermait à clef les voyageurs... il n'a été sauvé que par miracle, parce qu'il a eu la force d'enfoncer la portière. Ah ! voilà Jean-Louis. » Le cocher arrivait en attachant sa veste sur son gilet noir et jaune. Il s'arrêta devant sa patronne, son vieux visage tout ému. Il aimait et respectait la famille qu'il avait toujours servie.

— Mon bon Jean-Louis, il faut que nous partions tout de suite. Mon filleul me mande une chose affreuse. Un accident effroyable de chemin de fer !

— Ah ! je crois bien, Madame la Duchesse. J'ai lu ça dans le journal. Sûr que je pensais pas que Mme la Marquise y était. Elle a grand mal ?

— Je le crains. Cependant, son fils dit que sa vie

n'est pas en danger. Mais je veux la voir, la soigner.

— Sambre et Meuse sont en bonnes formes ?

— Oui, Madame la Duchesse. Seulement, m'est avis qu'il y a plus de cent lieues d'ici à ce patelin-là.

— Hé bien, avec des relais.

— Et le temps de les organiser. C'est pas comme dans not' jeunesse... n'y a plus de poste aux chevaux.

— Nous avons bien été, l'an dernier, en Suisse.

— On a mis deux semaines, Madame la Duchesse. On se reposait un jour, deux jours ; une fois, même, trois jours quand la Meuse a eu sa colique. Et puis c'était pas si loin.

La douairière réfléchissait :

— J'irai quand même. On va aller tout de suite au Val d'Ombre.

— M. le Marquis doit être avisé.

— Je le pense va vite atteler.

Elle s'était levée :

— Odyle, mon châle de l'Inde ; commande ma boule d'eau chaude. Dis à Calixte de me préparer une infusion calmante.

Elle passait dans son cabinet de toilette, glissait son chapelet dans son réticule en tapisserie au petit point, y joignait ses gants de soie violette, et pour ne pas perdre de temps à attendre sa femme de chambre qui emplissait la « vache », elle ouvrait son armoire, en tirait le champignon de bois sur lequel reposait sa capote de peluche marron à large bavolet. Elle plaçait avec soin les papillotes qui encadraient ses joues, le long du toquet tuyauté formant le devant du vaste chapeau. Elle nouait, en un beau nœud, les brides de satin jaune sous son menton. Et quand Odyle revint portant le magnifique châle long replié en pointe, elle le plaça sur les épaules de sa maîtresse, le retint avec une forte épinglette en vieil argent où étaient gravées les armes des d'Héricourt. La douairière eut encore à nouer le ruban de sa voilette en blonde de Normandie et fut prête.

Seulement, malgré la hâte de Jean-Louis, Sambre et Meuse ne l'étaient pas. Alors Calixte, le maître d'hôtel, proposa, en apportant l'infusion de tilleul :

— Madame la Duchesse devrait prendre une petite collation, elle dînera sans doute fort tard. Si je servais quelques biscottes, des petits pains à la fleur d'oranger, des anis de Strasbourg ?

— Donne, mon ami, je suis tellement éprouvée, tu as raison.

— Madame la Duchesse ferait bien de boire un peu de Frontignan avec des biscuits de Reims, ce serait plus réconfortant que le tilleul.

La douairière cédait à l'invitation agréable ; tout ce qu'on offrait chez elle était fin et délicat. Le vieux vin lui remontait le moral. Calixte versait avec une lenteur respectueuse le liquide doré dans le verre de cristal. Il présentait la serviette roulée dans un anneau d'argent et aidait la douairière à mettre les deux épingles à tête de perle qui servaient à la maintenir aux épaules afin de préserver le devant du corsage en cas de... maladresse, ainsi que nos aïeules en avaient l'usage. La légère collation achevée, la chaise de poste arrivait au perron. Odyle était prête, le groom ouvrait la portière, la vieille dame releva devant sa large jupe sur son jupon brodé, entra dans la voiture, sa femme de chambre l'y suivit. Sans les toucher du fouet, Jean-Louis prévint ses bêtes et le tournant fut impeccable dans la cour d'honneur. Il était près de quatre heures lorsqu'on franchit la grille du parc.

— Odyle, dit la Duchesse, nous allons réciter le chapelet pour Mme la Marquise.

Ce disant, elle retirait ses mitaines en filet et sortait du vaste réticule doublé de velours gris, un magnifique rosaire aux grains de nacre enchaînés d'or. On trottait bien sur la route dure. Comme la voiture allait traverser le pont de la Semois, Jean-Louis ralentit et s'arrêta. Un chasseur qui venait en sens inverse lui avait fait signe. Il s'avançait vers la portière et l'ouvrait.

— Baron de Runkerque, vous m'arrêtez ! s'écria la Duchesse.

— Oui, mon amie. Vous allez au Val d'Ombre ; inutile, il n'y a personne. Les jeunes gens sont partis hier matin.

— Pour voir leur mère ?

— Non, pour aller voir les ballets russes à Paris.

— Comment ! Mais ils ignorent donc l'accident ?

— Quel accident ? Qui est blessé ? Nos amis !...

— Une catastrophe, mon pauvre Gislain ; mais entrez, cette portière ouverte est glaçante.

Odyle, qui était assise en face de sa maîtresse, voulut descendre, celle-ci la retint :

— Reste, inutile que tu t'enrhumes. Asseyez-vous près de moi, Runkerque.

Le Belge obéit ; la portière claqua ; les juments eurent un mouvement, maîtrisé par leur conducteur.

— Attends, Jean-Louis, ordonna la douairière, on ne va pas au Val d'Ombre.

Puis, se retournant vers son voisin :

— J'ai une lettre de Roc-Marie, qui me mande la plus triste nouvelle. Le train d'Italie a déraillé, brûlé, à je ne sais quel tournant ; Pauline est blessée et soignée dans une ferme.

— Que m'apprenez-vous là ! J'avais bien lu le récit de la catastrophe dans mon journal, mais je ne m'imaginais pas nos amis dans le train. Renaud et Armande ne savent rien. J'ai eu, hier, un coup de téléphone m'invitant à venir déjeuner avec eux. Ils m'annonçaient, en outre, vouloir partir passer une quinzaine de jours à Paris. Armande avait une fringale de musique, de théâtre, de cinéma. Val d'Ombre est austère.

— Cette jeune femme me paraît un peu frivole.

— Elle a vingt ans, elle est jolie comme les amours, Renaud l'adore il n'y a pas grand mal à aimer le plaisir.

— Le plaisir ! Ah ! bien, quand ils sauront la nouvelle !

— Je pense qu'ils ne la sauront pas si vite. Hier, avant de partir, ils n'ont pas vu le courrier.

— Mais on le fait suivre.

— Non. Ils ne savaient au juste où ils descendraient ils comptent écrire à leur mère aussitôt installés.

— Heureusement, elle a Roc-Marie ! Et elle va m'avoir, je pars, mon ami, je suis trop inquiète, je ne laisserai pas Pauline à l'abandon.

— Vous pensez prendre le train ?

— Le train ! miséricorde, vous plaisantez ! Juste à pic, n'est-ce pas ; vous déraillez, Gislain.

— Enfin, vous n'allez pas à la frontière d'Italie au trot de Sambre et Meuse.

— On mettra le temps qu'il faudra.

— Un mois... Voyons, ma vieille amie, un peu de jugement ; vous avez beau être de l'autre siècle, vous comprendrez que, si vous voulez arriver au chevet de votre amie avant son rétablissement, il faut ne pas voyager comme au moyen âge.

— Alors comment ? Pour rien au monde, je ne monterai dans un wagon.

— Il y aurait chose. Vous pourriez toujours aller en voiture, mais en voiture automobile.

— Seulement, je n'en ai pas... ce serait peut-être possible, en effet mais où en trouver et si vite ?

— Si j'en avais une, je vous l'offrirais. Renaud et Armande sont allés dans la leur à Paris.

— Si je pouvais en acheter une, je vous répète que je souffre atrocement, ma pauvre chère Pauline est peut-être mourante.

Ses yeux s'emplissaient de larmes, Runkerque prit sa main, l'approcha de ses lèvres.

— Il y a un marchand à Sedan, je crois même une fabrique; j'avais eu envie d'une petite « cinq chevaux ».

— Eh bien, allons à Sedan. C'est l'affaire d'une heure environ. Il n'est que six heures ou dix-huit heures, comme on dit en nouveau style.

— Archi-ancien, plutôt. Alors, je vous dis au revoir.

— Point. Vous venez avec moi; votre compétence m'est utile, je n'entends rien aux chevaux-machine.

— Regardez ma toilette de chasse.

— La nuit ! Et puis c'est urgent, Odyle dis à ton mari de filer sur Sedan, belle allure.

Jean-Louis eut une protestation, il sauta du siège, vint à sa maîtresse.

— Madame la Duchesse, je n'ai guère de bougie dans mes lanternes, mes bêtes n'ont pas eu d'avoine avant de partir, on reviendra dans la nuit.

— Parfaitement. Tu achèteras des bougies à Sedan; tes juments mangeront un picotin à l'hôtel pendant que je ferai mes affaires. Marché et promptement.

Le vieux cocher eut un geste désolé, il remonta lentement à sa place, s'emmaillotta les genoux de sa couverture, siffla un petit encouragement, vira de court et, rendant la main, Sambre et Meuse, levant haut leurs pattes fines, se mirent à trotter sans entrain à l'inverse de leur écurie.

— Vous n'avez jamais été en auto, Duchesse ?

— Non, Gislain; ce sera mon début. Toutes ces inventions nouvelles me font horreur, ce sont des moyens de malheur.

— Autrefois on versait quand même sur les mauvaises routes.

— D'accord. S'il y avait des blessés ce n'était toujours pas par centaines, et grillés par-dessus le marché ! Oh ! si ce n'était Pauline, bien sûr que je n'irais jamais en automobile. L'an dernier, j'ai fait un délicieux voyage en Suisse. Je suis arrivée et repartie dans ma voiture, j'ai navigué sur les lacs, j'ai retrouvé de charmantes

connaissances qui comprenaient mes goûts. Entre autres
deux dames de Genève, mère et fille, tout à fait avenan-
tes. La jeune fille avait un joli vieux nom qui me plaisait; elle se nommait Yolaine.

— Chère amie, vous n'ignorez pas le prix d'une auto...

— Si, mais je peux bien m'en offrir une. J'ai rarement des fantaisies. Plût à Dieu que le mot soit juste!
Je veux dire que dans la circonstance actuelle, je ne regarde à rien : je veux partir.

— Cœur d'or! Vous savez aimer vos amis.

— Comme ça se doit, Gislain. Il se fait tard, la boutique d'automobiles ne sera-t-elle pas fermée ?

— Certes, non. Les garages restent ouverts longtemps. Nous arriverons avant l'heure de la clôture.

Il frappa à la vitre du devant, l'entr'ouvrit ;

— Jean-Louis ! au garage Turenne, vous le connaissez. Tournez sur la place.

La ville était fort paisible, peu d'équipages, peu de
piétons, mais une longue raie lumineuse projetée par la
grande porte du garage l'indiquait. Sambre et Meuse,
très bien dressées, se rangèrent devant l'entrée. Le
groom sauta prestement, vint à la portière ouverte
déjà par le Belge qui descendait, se retournant vite pour
donner la main à sa vieille amie.

— Jean-Louis, dit celle-ci, tes bêtes ont chaud, va à
l'hostellerie du Duc de Bouillon, fais-les bouchonner,
qu'on leur donne double ration d'avoine. Il est probable
que nous dînerons ici. Préviens le maître d'hôtel. Je
rentrerai à pied, c'est à deux pas.

— J'accompagne Mme la Duchesse, demanda Odyle ?

— Non. M. de Runkerque me ramènera.

Dans le vaste hall éclairé « à giorno », le vieux couple
fit une entrée sensationnelle. Lui, guêtré de cuir fauve,
en veste de même couleur, la casquette de peau de
taupe, les gants fourrés; elle, très grande, vêtue d'une
ample robe froufroutante, d'un châle à ramages, une
vaste capote sur sa tête à papillotes, lesquelles tombaient jusque sur le nœud amarante qui soulignait son
menton, sa voilette blanche relevée. Quelques chauf-
feurs, en train de travailler, levèrent la tête, l'un d'eux
murmura :

— Mince ! c'est la Duchesse de Bouillon, descendue
de son cadre qu'est à son hôtel en face. (Ce fut le Duc
de Bouillon qui, en 1648, céda Sedan à la France.)

— Je voudrais parler au patron, dit Runkerque, veuillez le prévenir.

— Que Monsieur et Madame aient la bonté d'entrer au bureau.

Le directeur de la maison accourait. La vue de ces visiteurs le médusait, mais il reconnut le baron.

— Monsieur, Madame !

Il saluait, avançait des sièges, avivait le poêle.

— Nous voudrions acheter une voiture.

— Monsieur ne saurait mieux s'adresser, j'ai d'excellents châssis et de belles carrosseries.

— Je tiens surtout, ponctua la Duchesse, à être promptement servie; j'ai un voyage urgent à faire.

— Je voudrais contenter Madame ; si elle veut bien me suivre au garage et m'expliquer ce qu'elle désire.

— Une voiture confortable, solide, douce, assez grande pour qu'on puisse y tenir six personnes à l'intérieur y dormir...

— Une sorte de roulotte...

— Si vous voulez.

— Eh bien, Madame, voilà véritablement une chance inespérée ; je ne croyais pas pouvoir placer une immense bagnole qui vient de l'empereur d'Allemagne. Si elle vous plaisait, ce serait un marché d'or pour vous, une occasion unique...

— Monsieur, intervint Runkerque, nous venons de confiance. J'ai l'intention d'acheter, moi-même, sous peu une voiture. Madame veut accomplir un long voyage, il ne faudrait pas qu'elle pût rester en panne.

— Je veux aller jusqu'à la frontière italienne.

— La voiture irait jusqu'à la frontière de Chine, Madame, s'il n'y avait pas la mer à traverser. Songez, c'est Wilhelm II qui l'a commandée, achetée, usagée Oh ! bien peu, elle est en état de neuf ! Il a fait avec elle le voyage de Copenhague.

— Moins le détroit.

— Non, Monsieur. La voiture a été embarquée et débarquée de l'autre côté de la Baltique afin que la famille impériale pût continuer à rouler dedans.

— Montrez-nous-là donc, fit la douairière ; je vous le répète, je suis pressée.

— Il n'y a pas de réparations à faire ? ajouta le Belge.

— Aucune. Il suffit de la parer, graisser, d'emplir le réservoir, de reviser les accus...

— Les quoi ?

— Les accumulateurs d'électricité, Madame.

Ils entraient dans le hall des voitures ; le patron ordonna de cesser les coups de lance qu'un chauffeur faisait jaillir sur sa voiture dans un ruissellement. Il fit donner une projection de lumière sur une masse énorme que deux ouvriers débarrassaient de sa bâche.

Alors il apparut une maison roulante de couleur bleue, avec une large bande rouge, une lourde bande de cuivre à l'avant et à l'arrière pour la protéger des chocs, d'énormes phares où se reflétait la lumière, une galerie au sommet, attendant les bagages.

— Est-elle belle ! exclama le marchand ; regardez Madame, la couronne fermée...

— On l'ôtera.

— Oui, mais cela prouve d'où elle vient.

— Combien de chevaux ? dit Runkerque.

— Quarante-cinq. Voyez ces pneus, Monsieur, ça tient la route.

— Mais elle doit être ruineuse... à nourrir.

— Normalement, Monsieur, pas plus. Son réservoir tient cent litres d'essence. Elle peut faire du quatre-vingt à l'heure et au delà. Que Madame y monte, je vais lui montrer l'admirable confort. Une projection, s. v. p., chauffeur.

Un faisceau lumineux inonda l'intérieur de la voiture tapissé en drap gris très propre, ourlé de bleu. Le marchand faisait tourner un fauteuil, tirait des rallonges, expliquait :

— Cela forme couchette, si l'on voyage de nuit. Une table se rabat pour les repas. Dans les parois glissantes des côtés, voyez la vaisselle, les ustensiles de cuisine accrochés comme dans les navires. Un filet à l'entour du plafond est destiné à contenir les chapeaux, manteaux, parapluies. Enfin, deux bonnes places près du chauffeur, parfaitement abritées par un tendelet. C'est le confort ambulant, votre « home » qui vous accompagne.

— Comme la coquille le limaçon... fit Gislain en souriant.

La Douairière s'était assise dans un fauteuil d'arrière ; elle le trouvait commode, il encastrait bien ses rotondités. Elle demanda :

— Et le prix maintenant ?

— Madame, je vais vous donner la voiture, en vérité pour rien. Songez que le haut personnage qui l'a fait faire avec un pareil luxe, agissait pour lui. Voyez ces glaces, la pendulette, le porte-bouquet, les petites cases en laque, jusqu'à une trousse...

— C'est bien plus que je ne souhaite, le prix je vous le demande ?

— Seulement soixante mille, avec deux pneus de rechange et la garantie de six mois.

Gislain se récria :

— Elle a pu, je ne le nie pas, coûter beaucoup plus, mais défaites-vous en donc, Monsieur ! Vous avouez vous-même qu'elle n'est pas d'un placement facile. Que pensez-vous de cela, ma chère amie ?

— Qu'il me faut partir, Gislain. Faites donc le marché, je vous prie. J'enverrai demain la moitié de la somme et signerai un billet pour le reste, payable chez mon notaire.

Le garagiste se tournait vers le Belge :

— Monsieur le baron sera satisfait, je lui trouverai aussi sa petite « cinq chevaux ».

Runkerque l'interrompit :

— Assez pour le moment, je vous offre cinquante mille francs.

— Oh ! Toute la matière première est de première qualité.

— A prendre ou à laisser. Il faut vous décider tout de suite. Nous partons demain soir. Demain, mon amie aura peut-être renoncé à cette folie.

— Monsieur le Baron, j'accepte, parce que vous serez mon client et que je suis sûr de la parfaite satisfaction de mon acheteuse.

Gislain se rapprocha de la Duchesse qui était retournée examiner l'intérieur qui, décidément lui plaisait.

— Entendu, ma chère amie, avec dix mille francs de rabais.

— C'est parfait. Et la livraison immédiate.

— Immédiate, Madame, consentit le vendeur. Dans deux heures, l'auto sera à votre disposition, vous pourrez partir dedans ce soir.

— Pourvu que Jean-Louis sache mener les quarante-cinq chevaux.

— Ah ! grand Dieu ! non. Que dites-vous, Duchesse, mais Jean-Louis en deviendrait fou, riposta le Belge.

— Madame n'a pas de mécanicien ?

— Mais non, Monsieur. Je n'ai jamais monté, sauf à l'instant, dans ces machines-là.

— Voilà le véritable embarras... fit Runkerque ennuyé.

— Embarras facile à trancher, Madame, reprit le marchand que rien n'embarrassait. J'ai ici l'ouvrier

qui a revisé la voiture; il ne demandera pas mieux
que d'entrer à votre service au moins provisoirement.

— Faites-le venir.

Le garagiste appela :

— Hardichaud !

— Voilà, voilà, Patron. Un garçon trapu, carré, aux
cheveux roux hérissés aux yeux riants, à la figure
rose tachée de son, en combinaison bleue, les manches
roulées au coude, accourait en sabots bruyants sur
l'asphalte sonore.

— C'est pas que je sois trop présentable, dit-il en
mettant la main au front pour saluer.

— La tenue de travail l'est toujours, corrigea le
Belge.

— C'est Madame, expliqua le Directeur, qui vient
d'acheter cette magnifique voiture.

— Pas possible !

— Elle vous propose de la conduire.

— Ah ! bon, ça colle. Je connais la bagnolle, elle
marchera. Son moteur est de première. Alors ousque
j'irai comme ça ? Il regardait la Duchesse avec des
yeux ronds; elle lui semblait impressionnante. Celle-ci
répondit :

— A la frontière d'Italie, mon garçon. Vous avez
déjà servi ?

— Pas depuis que je servais la messe à M. le Curé,
quand j'étais gosse.

— Bien. Cela me plaît. Quel âge avez-vous ?

— Trente-cinq ans. J'ai fait mon service dans l'artillerie et même que j'étais l'ordonnance du lieutenant de
Marnef.

— C'est bon, coupa le garagiste. Madame est très
pressée, faites votre prix. Je puis répondre de vous
comme chauffeur-mécanicien et j'affirme à Madame que
depuis trois mois que vous êtes employé chez moi, je
n'ai aucun reproche à vous faire.

— Moi non plus, Patron. Je voudrais ben une bonne
paye, rapport à ma bourgeoise et à not' môme qu'ont à
manger que le pain que je leur gagne.

— Je ne sais pas les usages, Monsieur le garagiste,
fit la Duchesse, voulez-vous m'éclairer.

Le Belge intervint :

— Le marquis Renaud de Val d'Ombre donne deux
cents francs par mois à son chauffeur.

— Si Madame me donne pareil, plus la pitance, une
couple de « bleus », un costume de cuir, j'entrerai ben

à son service. Pour ce qu'est de mener la roulotte, je crains rien ; et pour les petites réparations, non plus Si c'est que ça vous botte, Patronne, topez là.

Il tendait sa main assez propre, toute la figure éclairée de joie. La Duchesse effarée avait eu un mouvement de recul ; mais le Belge accepta l'invitation, il jeta sa paume contre celle de l'ouvrier.

— Mon garçon, vous entrez au service de Mme la duchesse d'Héricourt ; il faudra prendre des manières en rapport avec votre nouveau poste.

— Ah ! j'en ai pas des manières de grand style ; je vas vous dire, l'état de larbin ne m'a jamais tenté, mais j'aime mon métier : bouffer de la route, faire passer son esprit dans sa machine.

— Assez Hardichaud, interrompit le marchand ; occupez-vous tout de suite de l'auto. Viendrez-vous la prendre ici, Madame, ou doit-on la conduire à l'hôtel ?

— Nous viendrons la prendre après diner, Monsieur ; voici ce que j'ai d'argent sur moi pour les arrhes. Et vous, garçon, voici votre denier à Dieu.

— Pas de refus, Patronne ; alors je m'équipe, je vas embrasser ma femme et je suis votre homme.

— Allez.

Le Belge et la Duchesse sortirent du garage. Pour traverser la place sombre, Gislain offrit son bras à la Douairière ; elle riait.

— Je suis charmée de mon achat ; ça me rappelle la berline de mon grand-père, quand il allait de Paris à Madrid où il était ambassadeur ; il dinait et dormait en roulant.

— Et votre chauffeur de grand style ?

— Qu'importe. Je ne lui demande que de mener l'équipage. Pourvu, mon Dieu, que Pauline aille mieux, il y a déjà six jours je crois que l'accident est arrivé.

— Au moins. J'ai lu le récit il y a bien deux jours.

<h1 style="text-align:center">IX</h1>

<h2 style="text-align:center">EN ROUTE</h2>

La salle à manger de l'hôtel du Duc de Bouillon, bien éclairée, chauffée, ornée de chrysanthèmes, des ampoules électriques placées dans les angles et au plafond, offrait un aspect agréable. La table d'hôte était remplie, mais il y avait de petits couverts le long du mur, entre les fenêtres donnant sur la place. L'une d'elles préparée avec soin, avec des violettes et des compotiers de fruits et de biscuits, attendaient les deux nouvaux venus qui entraient, précédés du maître d'hôtel.

A leur vue, les convives — des voyageurs de commerce, la plupart — se levèrent très poliment. Jean-Louis et Odyle attendaient leur maîtresse auprès de la petite table. Ils avaient nommé la grande dame qui honorait la maison de sa présence et les clients en voyant entrer cette majestueuse personne, en son magnifique et antique costume se disaient :

— C'est sûrement la duchesse de Bouillon qui revient dans sa bonne ville de Sedan.

Elle s'installa devant le couvert préparé au fond de la pièce, près de la cheminée. Odyle lui enleva son châle, lui offrit les épingles pour attacher la serviette aux épaules ; elle dénoua les brides de la capote, les rejeta en arrière et reculant la chaise, fit asseoir la Douairière.

Un garçon présentait le potage. La Duchesse avant de se servir récita son « benedicite ». Et comme les deux domestiques attendaient des ordres, elle dit :

— Allez dîner ; nous partirons après à Héricourt, J'ai acheté une automobile qui nous suivra. Donne double picotin aux juments, Jean-Louis. Elles devront trotter bon train. Tu logeras l'auto dans la remise. Tu feras coucher le chauffeur aux communs. Je partirai demain au jour, pour la Savoie.

— Avec nous, Madame la Duchesse ?

— Avec Odyle seulement. Toi, Jean-Louis, tu reconduiras M. le Baron chez lui, car cette nuit il couchera au château.

— Mais que vont penser mes gens de mon absence ? protesta Gislain.

— Que vous faites la noce... mon cher, pour une fois, savez-vous. Allez maintenant, continua la Duchesse en congédiant ses gens.

Le Belge riait :

— Ma chère amie, que peut-on dire de moi si peu en tenue, pour figurer vis-à-vis de vous.

— Vous êtes mon chevalier d'honneur et vous m'avez rendu bien service. Voyez-vous un peu quel itinéraire nous devrons suivre ? Ce chauffeur, comment s'appelle-t-il donc ?

— Quelque chose comme Hardicourt.

— Pourvu qu'il connaisse les routes de France

— Vous aurez des cartes. Et puis, en vérité, ce n'est pas un voyage fantastique. Je vois la ligne droite d'ici à Lyon, par Montmédy, Commercy, Bar-le-Duc, Chaumont, Baune, Mâcon... Je vais être inquiet de vous, seule avec cet inconnu !

— J'ai Odyle.

— Une créature dévouée, mais que pourraient deux faibles femmes contre un bandit.

— Et la Providence ! Sachez, Gislain, que je ne redoute rien au monde que le péché. Cette cuisine n'est vraiment pas mauvaise, ces gélinottes sont à point et ce vin de Bourgogne, qu'en dites-vous ? Qui donc a commandé ce menu ?

— Jean-Louis, évidemment, il connaît vos goûts. La table d'hôte devenait déserte, les voyageurs, avant de sortir, saluaient de loin la vieille Duchesse. Elle répondait d'un grave signe de tête, nullement étonnée d'une marque de respect que sa grande allure de dignité rendait normale.

Ils se levèrent de table les derniers. Gislain en passant devant la peinture murale qui tenait tout un panneau de la grande salle, la désigna à sa compagne.

— Voyez, mon amie, n'est-ce pas votre portrait, cette belle Duchesse sur son palefroi qui sort du château-fort, suivie de son mari, de ses pages et chevaliers, tous l'armure frappée de la Croix de Saint-Bernard ?

Elle haussa les épaules. Odyle lui remettait son châle. Jean-Louis roide, l'air désolé, attendait en haut du perron.

— Jean-Louis, tu vas régler la dépense de l'hostellerie et nous attendre.

— Madame la Duchesse montera dans ma voiture encore une fois...

— Bien sûr. Pourquoi fais-tu une tête pareille ?

— Je ne suis plus le cocher de Mme la Duchesse...

La voix du brave homme s'enrouait de larmes qu'il essayait de retenir. Elle s'arrêta devant lui brusquement :

— Tu dis une sottise. Est-ce que je te chasse... Tu es né à Héricourt, tu y mourras, mon vieil ami, ayant ou après moi. Le chauffeur que je prends ne peut te faire ombrage ; tu me conduiras toujours avec Sambre et Meuse, après ce fatal voyage.

Elle descendit les degrés au bras de Runkerque. Un beau rayon de lune traversait la place, projetant l'ombre d'une cigogne perchée sur le toit de l'hôtel. L'auto était à l'entrée du garage, imposante, avec deux énormes phares à l'avant, une lanterne rouge à l'arrière, une autre petite lumière blanche presque au ras du sol, destinée à éclairer la voie au croisement des autres voitures, quand il fallait voiler l'éblouissement des projecteurs. Rien n'était négligé pour l'absolu confort et la sécurité de cette superbe roulotte.

Les papiers en règle, la carte grise signée, le mécanicien s'assit devant son volant, le garagiste salua très bas, tous les employés sur le seuil de la porte, regardaient le démarrage qui fut impeccable. La grosse machine franchit l'entrée et s'arrêta.

— Hé, Patronne, vous ne montez pas ? demanda le chauffeur.

— Pas ce soir, je rentre avec mes chevaux. Vous allez me suivre, il y a quatre lieues jusqu'au château. Demain matin, nous partirons à la première heure, c'est compris ?

— A pic ? Patronne. Ça va être rudement embêtant de suivre les moteurs à crottin.

— Chut, fit Gislain en s'approchant du nouveau serviteur, pas de réflexions.

Sambre et Meuse piaffaient. Le bon picotin leur donnait du cœur. Ses maîtres installés à l'intérieur, Jean-Louis rendit la main, on tourna la place et en avant sur la route libre, déserte, noire, où la lune, maintenant sous les nuages, ne mettait pas un rayon.

Derrière l'attelage, à une lenteur énervante, l'auto venait. L'homme, les mains au volant, les pieds sur ses commandes, sifflait un petit air de danse pour calmer son irritation. Il n'avait pas un moteur muet comme on en fait à présent, le ronflement continu du sien, au bout de peu de temps, produisit sur les deux juments un effet irritant. Elles se mirent à courir ventre à terre, les oreilles couchées.

— Qu'est-ce qui leur prend ? fit la Douairière, peu accoutumée à cette allure insolite.

Au même moment, elle sentit un tournant brusque et presque tout de suite un arrêt. Jean-Louis, sauté à terre, ouvrait la portière.

— Je prie Madame la Duchesse de m'excuser, mais les bêtes entendent le moteur qui les poursuit et elles s'emballent ; je les ai jetées dans un chemin de traverse, que le chauffeur passe devant.

— Mais il ne connaît pas la route d'Héricourt.

— Je vais monter avec lui, concilia le Belge

Ainsi fut fait et l'on put rentrer sans encombre.

Le lendemain, dès neuf heures, la Douairière d'Héricourt prenait congé de son château, de ses gens et du bon Gislain. Pour la première fois de sa vie, elle sacrifiait aux idées nouvelles, elle trouvait même un grand confort à s'installer dans son auto très douce, sans heurts, sans coups de collier, sans cahots que « buvaient les pneus ». Odyle, levée à l'aube, avait arrangé les bagages et lié connaissance avec cet extraordinaire valet qui l'appelait « la petite mère », réclamait de bonnes rasades parce que c'est « pas pour rien qu'on a le gosier en pente », avouait que « la Patronne était tout plein rigolotte », chippait à Jean-Louis ses peaux de daim pour caresser sa roulotte et comme Odyle lui demandait son nom de baptême, il expliquait :

— Ma foi, j'ai pas entendu le curé me le dire quand y me faisait manger du sel en m'inondant d'eau le crâne. Ma mère m'appelait : Omer.

— Omer ! c'est pas un nom de chrétien.

— C'est un nom de ville, avec le mot Saint par devant. Mais on m'appelle Hardichaud. C'est-y que ça vous va mieux, ma vieille ?

— Que vous êtes mal embouché, mon pauvre garçon.

— Faut-y que je vous embrasse, ça bouchera toujours un coin.

— Assez, et tâchez de vous tenir à votre place. J'ai l'habitude qu'on me respecte.

— ... à soixante à l'heure. Si que la Patronne est prête, dites-lui que j'ai fait mon plein, on peut démarrer.

Odyle haussa les épaules et comme le baron de Runkerque lui avait donné une plaque de Saint Christophe du Jajolat, elle alla la suspendre dans la voiture.

Avant dix heures, on partait par temps gris avec menace de neige. Mais l'intérieur de la voiture, chauffé par des boules d'eau chaude était exquis, parfumé des derniers boutons de roses de la saison mélangés de quelques violettes.

— Qui a mis ces jolies fleurs dans le porte-bouquet ? demanda la douairière. Je ne croyais pas qu'il y en eut encore au jardin.

— Sûr qu'il n'y en a plus chez nous, Madame la Duchesse. C'est peut-être M. le Baron.

— Je me demande où il les aurait prises.

— Peut-être à Sedan, on en vend.

— Mais il ne m'a pas quittée... tant pis. Odyle, réci

tons le chapelet pour obtenir un bon voyage. C'est si étrange de voyager ainsi !

Après la prière, Odyle, que les tournants faisaient pencher de côté, osa exprimer une impression :

— Dirait-on pas, Madame la Duchesse, que la route croule sous nous, que les arbres volent et cette gueularde de sirène qui marche à chaque croisement de chemins et ces vaches qui galopent épouvantées. Bon Dieu ! si on venait à buter contre un obstacle.

— Ne crains rien, Odyle. Dieu nous garde.

A midi, on entrait dans un pays dont les maisons s'alignaient au bord de la route. L'église envoyait dans l'air le son de l'angélus, quand le moteur au ralenti, s'arrêta tout à fait devant une auberge.

La Douairière demanda par l'acoustique :

— Que se passe-t-il ?

Le chauffeur descendit :

— Ben, c'est l'heure de la soupe, Patronne ; on n'a encore boulotté que l'apéro de poussière.

— C'est fort juste. Voyez si on peut se restaurer convenablement ici ?

— Je me range ; vu ma largeur, j'encombre la route.

Il accomplit un habile virage, mit la voiture dans une cour où déjà étaient remisées des charrettes ; puis, ouvrant la portière, il montra sa figure souriante :

— Pas vrai, qu'on est bien là-dedans, Patronne : on roule sur un billard avec ces pneus-là. On a fait du soixante-dix, c'est chic. Mais à présent, faut du repos ; le caoutchouc brûle. Mettez la main dessus. Pas vrai ?

— Si.

— Et les roses à Bibi... une senteur de printemps.

Il montrait le porte-bouquet au-dessous de la pendulette.

— Quoi ! c'est vous qui avez mis ces fleurs ?

— Dame, Patronne, pour l'étrenne de la voiture ! Vous m'avez donné vingt francs. J'ai payé la bienvenue.

— Brave homme !

— Si seulement il causait mieux, rectifia Odyle.

— Vous, la petite mère, c'est pas pour votre nez. Si que vous descendiez, Patronne.

— En effet.

Il tendait sa main gantée. La duchesse la prit et entra suivie de ses gens dans la vaste cuisine d'une auberge francomtoise. Il y avait quelques paysans attablés qui dévoraient une choucroute garnie. L'aubergiste indiquait une salle déserte.

— Entrez donc, Madame et la compagnie, c'est pour dîner ?

— Oui. Qu'avez-vous ?

— De tout. Saucisson au cumen, jambon fumé, nouil-les, choucroute, petit salé, pommes de terre.

— Avez-vous des œufs frais ?

— Tout chauds, sortant du... de la poule.

— C'est bon. Faites une omelette ; donnez-moi des pommes de terre, du beurre, des fruits et du café.

— Moi, dit le chauffeur, je mangerais bien une tran-che de petit salé sur la choucroute. Et la petite mère Odyle, qu'est-ce qu'elle va prendre ? Une petite sau-cisse.

Il riait, épanoui d'aise, devant l'alléchant menu.

— Combien de couverts ? demanda la fille d'auberge.

— Ben, trois, répondit Hardichaud, pendant qu'Odyle dégrafait le châle de sa maîtresse. Celle-ci s'assit sur une chaise que découvrit la camériste entre les bancs. La Duchesse pensait à Pauline :

— Encore demain à voyager à cette allure et elle arriverait près de son amie. Comme le bon Roc-Marie serait réconforté par la présence de sa marraine. Vrai-ment la voiture était excellente, elle ramènerait la bles-sée chez elle où elle se guérirait tranquillement.

La Duchesse Hermine rêvait ainsi, un peu vibrante de l'exercice communiqué. Ah ! la vieille berline était loin !

On apportait l'omelette dorée ; Odyle était allée à la voiture chercher le réticule de sa maîtresse et sa stupeur n'eut pas de bornes quand elle vit le chauffeur s'asseoir sans façons à la table de sa maîtresse. Il était souriant, il s'écria :

— Et pour boire, Patronne. Avec quoi qu'on va se rincer la dalle ?

La Douairière plongée dans ses pensées, releva le front ; elle vit en face d'elle la bonne figure réjouie de son chauffeur, l'air scandalisé d'Odyle, l'omelette appétissante et la fille d'auberge, les bras ballants, qui la contemplait en extase. Elle fronça le sourcil, puis éclata de rire, amusée de cette simplicité candide.

— Le Christ Divin, songea-t-elle, mangeait avec ses apôtres, des pêcheurs.

Et elle dit paisiblement :

— Assied-toi près de moi, Odyle. Qu'est-ce que vous demandez donc, Hardicœur ?

L'homme eut un rire sonore :

— Hardicœur ! Vrai, c'est trop joli, Patronne. Vous me baptisez de première. Je demandais à boire.

— Quel vin ? rouge, blanc ? offrit la servante.

— Nous sommes en Franche-Comté, donnez du vin d'Arbois.

Le mécanicien fit claquer sa langue.

— Parfait, Patronne vous avez bon goût. Est-ce que je vous passe l'omelette, elle embaume !

La Douairière sourit. De sa vie, elle ne s'était ainsi amusée. Comme on change devant la vie !

X

CŒUR TROUBLE

A midi, le soleil dominait les montagnes ; ses joyeux rayons réchauffaient un peu la vallée de l'Alvarède. Mme de Val d'Ombre en profitait pour faire une petite promenade appuyée au bras de son fils. De son autre côté, Yolaine marchait, le front penché, sans se mêler à la causerie de ses compagnons. Visiblement elle accomplissait une corvée ; mais le docteur avait ordonné qu'elle prît l'air afin de reconquérir un peu de couleur sur ses joues pâles. La Marquise avait encore son turban de tarlatane autour du front, son bras en écharpe ; mais ses yeux étaient clairs et vifs, elle éprouvait le bien-être du retour à la vie. Roc-Marie, heureux de voir sa mère aussi bien, gardait cependant un lourd souci en lui-même. Leur existence était désorientée, sa conscience était embrumée. Il repassait sans cesse l'insoluble problème : Où est ma voie ? Je demande à Dieu l'inspiration et je reste hésitant. Ai-je un devoir à remplir, vis-à-vis de cette fillette ? Je l'ai arrachée à une mort horrible, quand elle se jetait sous la locomotive. Elle paraît n'avoir ni affection, ni obligations ; elle semble perdue dans la vie. Elle m'attire. J'éprouve l'attraction naturelle, en somme, d'une tendresse loyale. Lui offrir ma protection, la garder chez nous, lui rendre un peu de bonheur, la consoler en créant une famille, n'est-ce pas un noble but ? N'est-ce pas le mien, puisque les événements ont enrayé mes projets. Puisque notre destinée est régie par une volonté plus puissante que la nôtre, laissons-nous aller au courant. Je sais bien peu de cette pauvre enfant, elle est taci-

turne depuis son malheur, car, au premier abord, elle
m'avait semblé gaie, vive, spontanée.

— Tiens, j'entends un appel de corne d'auto ; ran-
geons-nous. Quelle belle grosse machine paraît au tournant. Où peut-elle bien aller ? Il n'y a que notre ferme
au bout de ce chemin.

Rangés tous les trois sur le bord du fossé, ils virent
avec stupeur, le mécanicien ralentir, puis stopper à
peu de distance.

— C'est à ne pas le croire, dit la Marquise, on dirait Hermine... Mais l'hésitation fut de courte durée ;
la portière s'ouvrait et avant que Roc-Marie ait eu le
temps de se précipiter pour lui offrir la main, la vieille
dame, toujours agile, arrivait les bras ouverts, ce qui
tendait son châle et lui donnait l'aspect d'un gigantes-
que oiseau.

— Pauline ! Ma Pauline ! Et elle refermait ses bras
sur son amie chérie. Toi ! Sauvée, mais combien atteinte !

— Non, mon amie aimée, je ne souffre plus ; mon
Dieu ! quelle invraisemblable joie de vous voir !

— Je ne pouvais résister à mon inquiétude ; j'ai dé-
rogé, pour vous, à mes antiques... manies et me voilà
venue des Ardennes en auto. Et toi, mon filleul, tu
n'es pas éclopé ?

— Nullement, Marraine. Ma pauvre maman a payé
pour nous deux la dette fatale. Je suis stupéfait et
si content de vous voir !

— Où allons-nous vous recevoir ? fit la Marquise,
nous sommes campés dans une ferme.

— Ma chérie, j'ai une maison roulante et je viens
vous chercher. Ah ! ma Pauline, quelle inquiétude ! N'en
parlons plus, je respire mieux. Avez-vous des nouvelles
de Renaud ?

— Oui, excellentes. Nous n'avons pas voulu l'effrayer.
Après quinze jours de mariage, troubler la lune de
miel qui est encore un croissant... Il croit à un petit
accident, il est encore à Paris.

— Et il s'amuse ! Allons chez vous, Pauline, ne res-
tons pas sur cette route. J'ai la voiture remplie de
provisions.

— Nous avons été bien heureux de rencontrer ce re-
latif confort et des soins dévoués qui nous ont été
prodigués. Il faut que je vous présente notre jeune
compagne.

Yolaine s'était éloignée, discrète et triste. Roc-Marie alla vers elle :

— Venez, Mademoiselle ; ne faites pas bande à part comme une sauvage. La Douairière regardait avec son face-à-main cette silhouette grise, inélégante, que ramenait le jeune homme.

— Ah ! mais je la connais, c'est la petite Yolaine de Marnef ! Mignonne, m'as-tu donc oubliée ? Et ta mère ?

Pauline pressa la main de son amie en murmurant :

— L'accident ! Silence !

Mais la jeune fille, dont les yeux se noyaient de grosses larmes, expliquait :

— Je ne peux vous oublier, Madame, nous vous aimions tant ! Dieu m'a ôté ma maman chérie !

La Duchesse prit l'enfant contre son cœur

— Ma petite fille, aie courage, Dieu a ses vues ; pleure, c'est naturel. Mais compte sur ta vieille amie, je vais t'emmener avec moi.

Yolaine rendait les baisers. Son visage se détendait ; ce revoir d'une personne aimée de sa mère lui faisait du bien.

On marcha jusqu'à la ferme, la Duchesse gardait sous le sien le bras de l'orpheline, dont les yeux se séchaient. Odyle, descendue de voiture, montrait aussi sa respectueuse sympathie aux amies de sa maîtresse et jusqu'au chauffeur qui souriait, s'exclamant :

— C'est la chance, tout de même, d'être sortie d'une pareille écrabouillée. Je vous fais bien mes compliments, Madame et la compagnie.

La mère Ludos levait les bras au ciel :

— Tout ce beau monde ! Mais quoi qu'ils vont manger ?

— Vous troublez pas, la bourgeoise, consolait Hardichaud, en sortant du coffre d'arrière de l'auto une série de paniers et de paquets. On sait boulotter chez nous. La Patronne aime la bonne chair et le bon vin. V'là un panier de Mâcon, je ne vous dis que ça.

La fermière et Odyle mettaient le couvert dans la vaste cuisine. Roc-Marie et Yolaine aidaient ; un vague sourire errait sur les lèvres pâles de celle-ci. Les deux vieilles amies, pendant ces préparatifs, causaient, assises sur le canapé de joncs dans la chambre.

— Comment se fait-il que vous ayez avec vous cette jolie Yolaine, demandait la Duchesse.

— Un hasard ! Nous partagions le même wagon lors

de l'accident, mon fils a pu me tirer des décombres ; la jeune fille et lui se trouvaient dans le couloir au moment néfaste ; ils n'ont eu aucun mal. Depuis l'horrible nuit, cette pauvre petite ne nous a pas quittés. Par quel hasard la connaissez-vous si intimement ?

— Nous avons passé ensemble trois étés au bord de la Reuss, près Lucerne. Nous logions au même hôtel, nous faisions des excursions. Mme de Marnef était une femme de grande vertu, de grand mérite et d'un charme extrême. La fillette était un bijou. Elle n'avait guère plus de dix ans, lors de notre première rencontre.

— Quel âge a-t-elle à présent ?

— Dix-huit ans. C'est une nature délicate, gaie, expansive, extrêmement intelligente.

— Elle semble avoir perdu toutes ces facultés-là.

— Elle les retrouvera. Je comprends sa douleur. Cette mère et cette fille étaient deux âmes d'élite.

— Avez-vous connu le père.

— Très peu. Il était capitaine d'artillerie. Il a été victime d'une épidémie, je crois. Sa femme et sa fille en parlaient avec une vive admiration et j'ai su par des officiers qu'elle était méritée.

— Ces dames habitaient Genève.

— Oui. Elles s'y étaient fixées après leur deuil. Mme de Marnef avait acheté une villa au bord du lac Léman. J'y ai été reçue ; la situation était ravissante. Elles avaient, je crois, une belle fortune. Yolaine a un tuteur, un banquier, M. d'Elchingen. A-t-elle fait quelques démarches ?

— Aucune. Elle est découragée, annihilée, elle vit notre vie.

— Pauvre mignonne ; je vais m'en occuper, moi. Savez-vous ce qui serait bien, Pauline, c'est que Roc-Marie, au lieu d'aller évangéliser les sauvages, épouse cette délicieuse créature.

— Il y pense, mais elle ne lui montre aucune sympathie.

— Oh ! patience ; elle a le cœur broyé en ce moment.

— Vous allez lui faire un bien immense, ma bonne Hermine. Dans ce malheur qui l'enveloppe, je vois une clarté providentielle.

— Hé bien, ma chère, marchons dans son rayonnement.

De leur côté, les jeunes gens causaient. Yolaine éprouvait en cette chaude affection d'une amie de sa mère, un vrai réconfort. Elle répondait avec moins de concision aux paroles de Roc-Marie et elle prit part au repas près de la Duchesse qui racontait drôlement l'acquisition de son auto, et comme elle se trouvait surprise d'avoir admis un progrès du siècle et de l'apprécier.

Hardichaud présentait les plats ; découpait un pâté, débouchait le vin, non sans accompagner ces diverses évolutions de phrases peu en rapport avec le « grand style » ; mais les recommandations d'Odyle, les signes qu'elle lui faisait pour l'empêcher de parler étaient vains. Il faisait les honneurs de ce qu'il offrait. La Douairière, tout occupée de ses amis, ne remarquait pas son extraordinaire maître d'hôtel. La marquise n'y songeait nullement ; son fils, près d'elle, lui préparait les mets, son bras gauche étant toujours immobilisé par le plâtre.

— Un petit coup de vinoche, la petite demoiselle, insistait le chauffeur près d'Yolaine, ça remonte la machine, vous êtes pâle comme la nappe.

Mais elle refusait.

— Non, non, j'en ai déjà pris deux fois.

— Jamais deux sans trois ripostait Hardichaud, sa bouteille en main. Et comme les yeux bleus de Yolaine se fixaient sur lui, il eut une exclamation qui lui fit répandre quelques gouttes sur la robe de sa patronne.

— Non ! mais, des fois, dit-il, ce serait rien rigolo. Mam'zelle ; vous seriez pas la petite Yolaine, la gosse à mon capitaine que j'étais l'ordonnance quand je faisais mon service à Bourges ?

— Ah ! vous seriez ce jovial Hardichaud qui nous amusait.

— En personne : chair, os et cœur, pour vous servir, la petite demoiselle. Je vous ai pas remise tout de suite quand je vous ai vue, rapport que vous avez grandi, mais c'est bien les boucles dorées, les petites pattes blanches que je leur apprenais à tenir la bride à Sultan.

— Mon brave ! fit la jeune fille vivement impressionnée.

Alors Hardichaud eut un geste inattendu, touchant, familier. Il mit ses lèvres sur le fin poignet. Lui aussi, avait les larmes aux yeux.

Les autres convives regardaient cette scène ; de l'émoi flottait dans l'ambiance, autour de cette table rustique où les mets les plus fins étaient présentés dans de grosses assiettes en terre, le vin de Bourgogne dans des verres épais, où se voyait la plus haute aristocratie de France représentée par la Duchesse, en regard d'une paysanne, d'un ouvrier, d'une servante, d'une jeune orpheline, d'un futur missionnaire, d'une blessée et d'un laboureur. Aux solives, on voyait un gros jambon solidement accroché, un chapelet de saucisses, une échelle placée dans le sens horizontal où s'alignait, entre chaque barreau, un pain. Autour de la table, couverte d'une nappe en toile épaisse, rôdait un chat, un chien. Au loin, on entendait le sifflet de la locomotive et le roulement des trains. Ce milieu hétérogène formait un ensemble paisible, sain, pur, où nul ne songeait à se trouver déplacé. C'était tous des « terriens » sous le grand ciel mystérieux où s'inscrivent les destinées, marquées d'avance sur le grand miroir astral.

XI

LE CHATEAU D'HERICOURT

La veille de Noël, Hardichaud et Jean-Louis apportaient un beau sapin vert, coupé dans le bois. Les deux conducteurs de véhicules roulants avaient fini par s'entendre après mille querelles de jalousies ; mais le chauffeur était si bon enfant, si gai, si obligeant, qu'il avait bien fallu lui pardonner d'être là ancré parmi la domesticité du château, avec ses façons incorrigibles.

— Trop dur, pour qu'on me rabote, vieux copain, disait-il à Calixte, le maître d'hôtel, sans cesse scandalisé des manières de l'ouvrier mécanicien ; tâche moyen de courber plutôt le gros chêne qu'on voit là-bas.

Le sapin, dressé dans une caisse au milieu du hall d'entrée, fut livré au goût décorateur d'Odyle, de la lingère et de l'aide de cuisine. Yolaine circulait entre elles, fraîche et même un peu souriante, aidant à poser les fils dorés, les noix argentés, les bougies roses. Elle était vêtue de crêpe blanc. Sa marraine — maintenant sa protectrice — lui avait demandé d'admettre cette appellation affectueuse, puisqu'elles habitaient ensemble et que le cœur si triste de l'orpheline se réchauffait au contact de l'excellente femme. Celle-ci n'avait jamais été mère, très peu épouse, car le duc d'Héricourt fut une des premières victimes de la guerre de 1870, alors qu'il était marié depuis deux mois avec Hermine du Puy de la Tour, âgée de dix-sept ans. Donc, sa marraine, qui avait horreur des couleurs sombres, s'habillait elle-même dans son intérieur de blancs vêtements. Elle avait voulu que sa fille adoptive portât le deuil ainsi. De plus, un grand événement se préparait. Au réveillon, après la messe de minuit, célébrée dans la chapelle du château, Roc-Marie glisserait au doigt de Yolaine un anneau de fiançailles.

Malgré la perte si récente de sa mère bien-aimée et même à cause de cela, la jeune fille s'était rendue aux raisons de ses amies. Elle ne possédait que des parents très lointains ne s'occupant pas d'elle. Vivre seule, à dix-huit ans, dans sa grande villa de Genève, n'était guère admissible. L'hospitalité affectueuse de la Duchesse d'Héricourt la mettait en relations continuelles avec les Val d'Ombre. Les étranges événements qui avaient rapprochés les jeunes gens, l'intervention providentielle si visible, les convenances d'éducation et de famille, avaient amené la solution très heureuse qui allait être consacrée en cette nuit de Noël. On serait dans la plus stricte intimité ; seule la marquise de Val d'Ombre, redevenue alerte et tellement heureuse de voir son fils rester auprès d'elle, viendrait, accompagnée de Renaud et d'Armande, la fidèle Runkerque et du colonel Loisel avec deux de ses filles pour faire honneur à la jeune fiancée. Ce tout petit groupe était homogène et charmant. Rien que des cœurs droits et, par surcroît, l'élément féminin représentait la beauté, et une rare variété des types les plus purs de la race française. La Duchesse, avec sa dignité d'allure affinée depuis des siècles, son teint d'ivoire à peine ridé, ses yeux bruns graves, adoucis de tendresse quand elle les portait sur ses filleuls.

La marquise de Val d'Ombre, une rayonnante, qui avait mettre l'harmonie autour d'elle. Le mariage de son fils aîné avec Armande de Saint-Yrieix, représentait l'espoir de continuer la longue lignée des ancêtres. Armande, née à Calcutta, sémillante brune avec d'admirables prunelles noires, formait avec Renaud, de couleur châtain foncé, musclé, robuste, type de force et de résistance, un couple apte à remplir les berceaux de sains et beaux enfants.

Roc-Marie, plutôt Celte que Latin, l'opposé de son frère, élégant, fin, très racé, aux clairs yeux roux nuancés de soleil, aux cheveux souples, ondulés, dodinant un front élevé, intelligent. Enfin Yolaine, blonde, mince, svelte, dont les yeux bleu saphir avaient comme des éclairs qui marquaient ses pensées. De longues tresses blondes s'enroulaient autour de sa tête dressée fièrement quand le chagrin ne la courbait pas.

Les filles du capitaine Loisel, dans tout l'éclat de leur jeunesse et l'épanouissement de leur santé.

Le Belge et l'officier français, grisonnants tous les deux, symbolisaient la bienveillance, le courage et l'honneur. Tels étaient les invités de ce 24 décembre.

On passerait la veillée autour du sapin traditionnel, à la chaleur joyeuse de l'énorme buche de Noël qui flambait au fond de la cheminée monumentale, illuminant la plaque armoriée de l'âtre. Les serviteurs s'adjoindraient aux maîtres lors du dépouillement de l'arbre. Mais, cette année, le clavecin de la douairière ne résonnerait que pour les cantiques et les enfants du village ne seraient pas admis à danser autour du sapin, un deuil venant de passer.

La digne châtelaine Hermine songeait, assise dans le fauteuil à haut dossier placé à l'angle du foyer, pendant la distribution des lots ; elle revoyait d'anciens Noël... Comme les gens âgés dont tous les plaisirs sont semés de regrets, elle pensait au temps où elle plaçait son petit soulier dans la cheminée, lorsqu'on gratta à la porte. Chez elle on ne frappait pas.

— Entrez !

Ce fut la figure large et réjouie de Hardichaud qui se montra :

— C'est moi, patronne ; je voudrais vous dire une sorte de chose.

— Mon garçon, vous ne pourrez donc jamais vous déshabituer de m'appeler patronne.

— Ben... quoi qu'il y a de mal, j'ai un Patron dans le ciel ; sur la terre une patronne, et c'est vous puisque vous me payez et me nourrissez.

Un sourire passa dans les yeux de la vieille dame.

— L'usage des serviteurs est de me nommer : Madame la Duchesse.

— Je sais. Madame la Dusèche, je peux pas m'y faire.

— Et de me parler à la troisième personne.

— Oh ! pour celle-là, jamais j'ai pu la trouver. Qu'est-ce qu'elle ferait entre nous deux, Patr... Dusèche ; ça la regarde pas quand je vous cause... C'est rapport à ma femme et à la môme.

— La môme ?

— Ben oui... ma Lolotte, quoi, qu'a ses trois ans sonnés d'hier. Je voudrais bien aller les embrasser, y mettre comme ça un régalo dans son sabot.

— Mais c'est très facile. Demain je n'aurai pas besoin de vos services. Mlle Yolaine a désigné un paquet pour vous, dans le sapin ; vous l'emporterez.

— Elle est si gentille Yolaine. Elle m'aime toujours.

— Voyons Hardicœur...

— Non... Hardichaud ; vous faites comme moi quand j'oublie Dusèche.

— Pas Dusèche, non. Enfin, tant pis. Seulement, tâchez donc de dire Mlle Yolaine.

— Bah ! quand je suis entré comme ordonnance, chez son père, j'y disais Yoyo. Je la collais sur mon dos, elle me prenait les deux oreilles et on trottait, fallait voir ! Pour sûr de vrai, Patronne... que vous avez ben rencontré la fiancée de votre filleul. C'est bon, c'est franc, pas fier, à preuve qu'elle m'a habillé une poupée de cire qu'on dirait le Jésus pour mettre dans la corbeille en osier tressé que j'ai fabriquée pour ma gosse. Si que vous voulez la voir ?

— La gosse ?

— Non, elle est loin, mais la corbeille ; j'en ferai bien une pour vous, Madame la Patr..., Dusèche... Ça ne sort pas. Vous y mettrez votre tricot, vos lunettes que vous ne savez jamais où que vous les posez, votre chapelet et votre crachoir.

— Mon crachoir !

— C'est peut-être ben drageoir que vous dîtes, qu'y a dedans des bonnes petites dragées.

— Oui, faites-moi une corbeille, Hardiroy.

Il éclata de rire :

— Non, pas Hardiroy : Hardichaud, Omer Hardichaud, pour vous servir.

Ils riaient, et la Patronne se résigna à renoncer aux tentatives d'éducation de son chauffeur. Elle prit sa bourse de soie brodée de perles, fit glisser un des anneaux d'argent, tira un louis et le tendant au brave homme (il y avait encore des louis en ce temps-là) :

— Voici pour votre femme, mon garçon, et voici pour Lolotte.

Ce disant, elle renversait le drageoir plein d'avelines.

dans la gazette dépliée et, tendant le tout au chauffeur :

— Demandez un sac à Calixte et joignez cela au paquet de Noël.

— Ça, Patronne, c'est de la grande bonté, ce qu'elles vont rigoler, mes miennes! Alors, n'est-ce pas, je rentre qu'après-demain ?

— Prenez deux jours. Jean-Louis me conduira en votre absence.

— Y sera rudement content, le vieux. Je suis sa bête noire. Et ses grandes juments aussi me détestent. Elles ruent quand j'approche, histoire de rire.

La Duchesse haussa les épaules, eut un geste de congé :

— Allez, maintenant.

XII

EN ATTENDANT L'ORAGE

Le mariage eut lieu la veille du jour des Rois. On servit un gâteau, mais dénué de fève ; on n'émit que des toasts discrets. La pauvre petite mariée avait une peine infinie à retenir ses sanglots. Le lendemain, les jeunes époux partirent pour la Suisse, à Genève où ils avaient bien des choses à régler et cela encore était un pèlerinage funèbre que la tendre douceur de Roc-Marie atténuait de tout son pouvoir. La douairière d'Héricourt n'avait pas voulu qu'ils prissent le train ; elle leur avait fait don de son automobile comme présent de noce et en même temps de son chauffeur qui était, pour Yolaine, le dévouement en personne. Le jeune ménage demeura peu au bord du Léman. Leur résidence habituelle serait Ker-Menhir, propriété de Roc-Marie qui en aimait le séjour. Mme de Val d'Ombre partagerait son temps entre les Ardennes et la Bretagne. Quant à la Duchesse, elle réclamait ses chers filleuls au moins, chaque année, pendant un mois.

Yolaine refusa de passer l'hiver à Paris comme le souhaitaient Renaud et Armande. Ne comptant user d'aucun des plaisirs mondains de la capitale, elle préférait de beaucoup rester à la campagne. Ker-Menhir lui plut infiniment. Le chalet bâti en granit, avec un toit surplombant, pouvait supporter les assauts des tempêtes qu'offre généreusement la côte bretonne en hiver. Elle aimait le tumulte du vent et des flots. Son mari partageait ses goûts d'une solitude que leur amour rendait délicieuse. Doux, calmes, profondément attachés l'un à l'autre, croyant au destin qui les avait réunis, ils n'avaient qu'un cœur, qu'une pensée. Lui travaillait à un grand ouvrage philosophique dont il avait conçu l'idée depuis longtemps : « La Vie ». Ce titre court embrassait l'existence entière.

Très vite Yolaine eut l'espoir d'être mère, c'était son plus ardent désir. Elle se mit tout de suite à composer la layette de l'ange attendu. Elle veillait sur ses pensées, ses actes pour que la moindre influence fût heureuse. En même temps Armande lui écrivit qu'une grande joie pareille la comblait et les deux jeunes femmes projetèrent dès lors de se réunir au Val d'Ombre pour que les chers amours, si désirés, soient reçus dans ce même nid familial. Ils devaient arriver vers le mois de septembre 1914.

Dès le mois de juin, Roc-Marie et Yolaine se mirent en route afin de ne pas éprouver en voyage la chaleur de l'été. Les deux belles-sœurs s'aimaient tendrement, leur caractère, leur physique formaient le plus absolu contraste et cela contribuait à leur donner, l'une pour l'autre une plus grande attraction. Au début de juillet, il y eut de formidables tempêtes sur les côtes bretonnes, Ker-Menhir éprouva de sérieuses avaries, si bien que Mme de Val d'Ombre fut obligée de partir afin de présider aux réparations pour que tout soit remis en état lors de l'arrivée de ses enfants qui espéraient venir tous ensemble passer septembre au bord de la mer.

La duchesse d'Héricourt, qui décidément se mettait à voyager — il n'y a que le premier pas qui coûte — avait cédé à l'immense désir qu'elle gardait depuis sa jeunesse : aller à Jérusalem. Le Baron de Runkerque s'offrait à être son chevalier. Ils iraient en auto à Marseille où ils prendraient le bateau pour Beyrouth.

Ils partirent au lendemain de la Fête-Dieu, après avoir vu les deux jeunes ménages tranquillement installés au Val d'Ombre. Deux religieuses de Nancy, de l'ordre de la Maternité, devaient venir au premier appel près des futures mamans. Leur bonheur fait de réalité et d'espérance était aussi complet que peut l'offrir notre terre d'épreuves. Armande et Yolaine parlaient sans cesse de leur trésor caché :

— Une fille, je voudrais une fille, disait Yolaine, pour l'appeler comme maman.

— Moi, je voudrais un fils, complétait Armande, pour continuer la vaillante race des Val d'Ombre.

Elles passaient ainsi de paisibles journées, souvent sous les arbres au bord de la Semois. Leurs maris pêchaient, naviguaient, ou dessinaient les rives pittoresques de la capricieuse rivière tour à tour belge et française. La venue du facteur apportant lettres et journaux était la distraction des jours. La plupart du temps on négligeait les imprimés. Quant aux lettres qui venaient de Ker-Menhir on les lisait à haute voix. La marquise parlait de loin à ses enfants bien-aimés. Ses travaux étaient considérables en vue de l'augmentation de famille ; elle faisait construire un pavillon à l'extrémité de la falaise, si bien qu'à marée haute on pouvait se croire en bateau. Quel air vivifiant respireraient là les nouveaux petits Val d'Ombre. Le pavillon s'appelait du nom symbolique de Bénévent. N'y avait-il pas dans la généalogie familiale un Bénévent qui était au combat des Trente et qui ralliait sa branche à Pauline par cinq rameaux.

Toutes autres étaient les lettres de la duchesse. La première contenait un récit superbe du voyage de Marseille à Beyrouth par une mer comme un lac en compagnie d'une société choisie composée de beaucoup d'officiers qui faisaient à la solennelle douairière une véritable garde d'honneur. Sa réception à Beyrouth, les attentions multiples du Général Président l'extasiaient. En touchant cette terre sainte tant désirée, elle l'avait embrassée pieusement.

Un second message contenait moins d'envolée ; le climat était lourd, mais les environs de Damas couverts de magnifiques jardins et d'abricots exquis avivaient encore beaucoup d'enthousiasme. Elle avait d'abord voulu suivre à pied le chemin de saint Paul, seulement la fatigue l'avait forcée, elle l'intrépide amazone de jadis, à monter sur un âne. Alors elle avait pensé à la Sainte Vierge. Pensée dérangée, troublée, annahilée par l'horreur du voisinage d'un train qui courait sur la route avec une mitrailleuse devant la locomotive. O anachronisme ! Il avait fallu dormir dans une hostellerie odieuse au milieu d'un amas de pier-

res, des terrassements de la voie ferrée. Elle en avait
pleuré de dégoût.

Quant à la troisième lettre, elle était franchement
déçue :

« Ça, Jérusalem ! une ville de marchands, de touristes — non de pèlerins — des gens de tous les pays,
de toutes les sortes, de toutes les langues, ni recueillement ni piété, des cinémas, des autobus et, sur le lac
de Tibériade, des canots automobiles montés par des
Anglais qui tuaient des poissons à coups de fusil !
Jusqu'au Saint Sépulcre, des prêtres de divers ordres
se disputaient la préséance. Le Jourdain étroit, sale,
la Mer Morte sillonnée de bateaux à vapeur !

Ah ! fuyons, rejetons-nous dans notre rêve biblique.
O Christ divin où êtes-Vous !

Ils étaient partis dans le Liban chercher un peu de
repos et de fraîcheur. Gislain de Runkerque partageait
cette indignation. La Terre Sainte ! *Le séjour des mi-
racles exploité,* tous les commerces du monde venus
là pour remuer de l'argent. Les deux amis s'en retour-
neraient par l'Egypte à l'automne.

Les deux belles-sœurs en lisant ces messages comprenaient le chagrin de la grande chrétienne si forte-
ment choquée.

Roc-Marie expliquait que pour aller dans ce pays,
quand même triomphant, puisqu'il marquait la place
de la Rédemption, il fallait se créer une ambiance de
rêve, passer dans la foule sans la voir, visiter Naza-
reth, le Jardin des Oliviers, Bethléem, l'âme hors du
présent, planer au-dessus des choses troublantes, voir
ce ciel immuable, le même qu'autrefois, regarder les
étoiles immuables aussi et se baigner à la source du
Jourdain claire et vivre avec, dans ses yeux intérieurs,
la vision de saint Jean.

— Nous irons, disait-il ; je vais tracer d'avance,
l'évangile en main, un plan.

— Mystique, ajoutait Renaud en riant. Je suis, moi,
de l'avis de mes contemporains : Voyons ce qui est,
non ce qui fut. Notre chère Duchesse a tout ce qu'il
faut pour ne s'adapter à rien de moderne. Je saisis
bien la déception inouïe tombée sur sa conscience.

Le mois de juillet, dans les Ardennes, au bord des
eaux courantes est une époque délicieuse, de beaux
fruits mûrs égayaient le verger, des fleurs embau-
maient les massifs et, dans le jardin français devant
le château, bordant la cour d'honneur, les plates-ban-

dés, emplies de fleurs rustiques, montraient les nuances délicates et variées offertes par la nature.

— C'est un séjour de paradis, constatait Armande ; sais-tu Yolaine, l'an prochain, en cette saison, les bébés chéris se rouleront sur l'herbe en riant et nous leur chanterons des rondes et des ballades

Un soir, comme le soleil radieux allait disparaître derrière les collines, on entendit le trot rapide d'un cheval sur le gravier de l'avenue.

— Une visite tardive, observa Renaud en train de préparer ses lignes de fond pour les tendre avant la nuit.

— On dirait un officier, il me semble voir quelque chose de rouge...

— C'est Loisel, conclut Roc-Marie qui arrivait du potager portant une corbeille de pêches. Il a l'air bien pressé.

— Il va partager le dîner, fit Armande ; c'est dommage qu'il n'ait pas amené les fillettes.

L'officier sautait à terre au bas de la terrasse, tendait ses guides au valet qui accourait et s'avançait vivement vers ses amis. Les jeunes femmes assises dans des fauteuils de jardin lui souriaient.

— Bonsoir, dit Armande, c'est gentil de venir voir les Robinsons.

Elle tendait sa main que le capitaine effleurait de ses lèvres, répétant envers Yolaine le même geste respectueux ; puis se retournant vers les deux frères.

— Vous avez lu les dépêches ?

— Quelles dépêches, mon cher ami ; ici on se laisse vivre, on mange des pêches, tenez prenez, répondit Roc-Marie en présentant son panier.

Loisel refusa d'un signe.

— Que vous avez l'air grave, remarqua Yolaine, il n'y a pas de mal chez vous, j'espère ?

— Pas plus chez moi qu'ailleurs, chère madame ; mais ce sont, hélas ! les événements qui sont inquiétants.

— Les événements ? Regardez ce coucher de soleil, il est radieux, ponctua Renaud.

— Bien sanglant dans cette pourpre. Vous ne lisez donc pas les journaux.

— Rarement. A quoi bon. Des récits de fêtes mondaines, des disputes à la Chambre, des querelles de parti. Mme Caillaux, M. Calmette, qu'y pouvons-nous ?

— Mes pauvres amis, c'est la guerre.

Yolaine tressaillit. Renaud lâcha sa ligne et regarda en face l'officier. Roc-Marie se rapprocha de sa femme et Armande se mit à rire :

— Quelle blague ! Et contre qui ?

— Les Allemands.

— Oh ! mon cher, reprit-elle, railleuse, depuis que j'existe, j'entends cette menace, c'est toujours pour demain.

— C'est pour aujourd'hui, madame.

Les deux sœurs échangèrent un coup d'œil inquiet.

— Ecoutez Loisel, dit Renaud, ne soyez pas tragique, mon vieux. On va dîner, on verra un peu les feuilles du jour, il doit en être venu ce matin.

— Voici la « France Militaire » d'aujourd'hui, fit le capitaine en sortant le journal de sa poche. Je pars cette nuit à la frontière avec mon régiment.

— Pas possible ! s'écrièrent les deux frères.

— Ce n'est vraiment pas une plaisanterie ? demanda Yolaine.

— Plût au ciel, madame.

Une même inquiétude naissait au cœur des futures mamans : Et nos petits ?

Le capitaine les voyant pâlir rectifia :

— Ce pourra bien être une simple manifestation.

— Sûrement, accepta Renaud, on ne se jette pas ainsi les uns sur les autres sans motifs.

— Sans motif ! mon pauvre ami, expliqua l'officier, il y en a trop... le drame de Saradjevo.

— La Russie, notre alliée. Bref, nous n'avons rien à discuter, les faits parlent. Des coups de fusil ont été entendus à la frontière, l'ennemi a simplement passé en France.

— L'audacieux ! lança Renaud, nous allons le bouter dehors lestement.

— Je l'espère. En tout cas, on mobilise...

— Quand ?

— Le décret va être affiché d'un moment à l'autre. A présent, toutes les routes stratégiques sont couvertes de nos soldats en marche.

— C'est à ne pas le croire, murmura Roc-Marie qui avait mis sa main sur l'épaule de sa femme, toujours étendue dans son rocking-chair. Il faut que je voie mon livret militaire.

— Vous venez de finir votre temps depuis peu, expliqua le capitaine, vous devez rejoindre votre poste le jour même de la mobilisation.

— Moi aussi, dit Renaud, c'est limpide. Si cette incroyable chose est exacte, nous devons être à Nancy demain soir.

Armande eut un cri d'effroi ; Yolaine joignit les mains.

— Mon Dieu que deviendrons-nous ? gémit-elle.

— Rien de mal, mesdames, essaya d'atténuer l'officier. Si on doit se battre ce sera certainement en Allemagne ; vous n'aurez qu'à rester ici bien tranquilles toutes les deux.

— Je vais écrire à ma mère qui est en ce moment en Bretagne de revenir. Si notre absence devait se prolonger quelques jours, je préférerais qu'elle soit ici, décida Roc-Marie.

— Ecris, approuva son frère. Mais est-ce bien utile de l'inquiéter. Il est tellement improbable...

— Madame la marquise est servie, interrompit le maître d'hôtel en s'avançant dans le jardin.

— Moi, je me sauve, dit Loisel.

— Vous dînez avant, objecta Renaud en prenant le bras de son ami qu'il entraîna dans la salle à manger dont la porte, ouverte sur la terrasse, montrait l'agréable attirance d'une nappe semée de fleurs, de cristaux, d'argenterie, de fruits.

L'officier consulta sa montre :

— Songez que le rassemblement est pour vingt heures.

— Prenez des forces, argua Armande ; une demi-heure pour manger, autant pour rentrer chez vous...

— Ma femme peut s'inquiéter...

— Non, elle vous sait ici, rassura Yolaine. Félix, servez vite !

Le domestique qui était très pâle, osa :

— C'est vrai, monsieur le marquis, qu'on a la guerre ?

— C'est vrai, Félix.

— Alors moi, aussi, je suis du premier départ.

— Oh ! s'écria Armande inquiète, toute la maison va être désorganisée, il ne va presque nous rester que des femmes.

— Et le groom, et le vieux jardinier.... fit Renaud ; ne nous désolons pas, ce sera l'affaire au plus de quelques semaines. Loisel, servez-vous bien, je vous en prie ; vous allez voyager toute la nuit. Cette truite est prise de ce matin, une jolie pièce saumonée, voyez son pointillé rouge.

Le capitaine n'écoutait guère l'éloge du délicat poisson, l'heure était si sérieuse. Lui aussi abandonnait
sa femme, ses filles et ce qu'il savait des choses, le
laissait moins optimiste que ses hôtes.

Soudain tous tressaillirent ; Roc-Marie se leva, sortit sur la terrasse un son de cloche apporté par le vent,
répandait ses ondes tragiques :

— Le Tocsin !

XIII

LE GRAND DÉSASTRE

Les radieux soleils d'été éclairaient le grand désastre ; les routes encombrées de véhicules et de pauvres
gens en fuite, chargés de ce qu'ils pouvaient sauver
de l'envahissement. L'état-major ennemi s'était installé à Héricourt, chez la Duchesse, toujours au loin
et dans l'impossibilité de revenir. La marquise Pauline de Val d'Ombre, malgré tous ses efforts, ne pouvait, non plus, traverser la France dans toute sa largeur afin de rejoindre ses belles-filles. Renaud parti
avec son régiment vers Charleroi et chargeant à la
baïonnette à Messin, y tombait le 22 août. Roc-Marie,
expédié sur le « Nautilus », sous-marin en chasse le
long des côtes, faisait héroïquement son devoir. Au
Val d'Ombre, les deux infortunées jeunes femmes vivaient terrifiées par le bruit du canon, mortellement
inquiètes de leurs maris, dont elles n'avaient aucune
nouvelle. Ni lettres, ni voyageurs ne parvenaient à
passer dans la zone de bataille. Leurs chevaux, leurs
automobiles avaient été réquisitionnés, le fidèle Hardichaud était parti sur sa voiture, en pleurant, pour
conduire un général. Les soirs, on voyait dans les nuages des reflets d'incendie et les éclairs de coups de
canon. Les deux belles-sœurs priaient le bon Dieu, très
faibles, les nerfs vibrants, leur situation angoissante
de futures mamans ajoutait à leur désarroi. Sur la
route, on entendait des roulements de tambour, des
troupes passaient avec des trains d'artillerie débandés.
La nuit du 16 août, par un ciel merveilleux, si calme
au-dessus de la terre, le tic-tac affolant des mitrailleuses, le roulement sourd des gros canons semblait
se rapprocher, un arbre touché s'abattit dans l'avenue.

Au même moment, un soldat accourait, une mêlée de villageois se traînait sur le chemin :

— Fuyez vite, criait l'homme à bout de souffle, « les » voilà... « Ils » sont déjà à la maison du garde, à l'autre bout du parc.

Le vieux jardinier attelait en tremblant la charrette à transporter les feuilles à l'automne avec l'âne de service. Les servantes nouaient quelques effets dans des serviettes et s'enfuyaient affolées sans savoir où. Les deux sœurs ahuries, brisées, acceptaient de s'installer dans le véhicule dur. Yolaine prenait les guides, on trottait... L'odyssée lamentable des fuyards sillonnait la route de Sedan. Armande sanglotait, secouée d'une crise de nerfs. Yolaine, plus maîtresse d'elle-même, essayait de la contenir ; mais les cris et les contorsions de l'infortunée devenaient si graves qu'il fallut s'arrêter au premier village où une sorte d'ambulance était organisée dans l'église. Les malheureuses jeunes femmes se trouvaient seules au milieu des blessés. Un médecin, des aides-chirurgiens, recrutés parmi les civils, se multipliaient. Yolaine en saisit un par le bras.

— Docteur ! au secours, ma sœur va mourir.

L'homme se retourna agressif :

— Est-ce que j'ai le temps ! Non, vrai... c'est pas le moment... Il s'arrêta, le visage ravagé de cette créature, qui, elle aussi, souffrait le martyre, l'émut ; il appela :

— Major, un citoyen qui veut venir au monde remplacer ceux qui en partent. Occupez-vous de l'autre femme qui a une crise d'éclampsie.

Yolaine, à bout de courage, perdait connaissance. L'aide-major, un robuste garçon, stupéfait de ce qu'il avait à faire, l'enlevait. Il alla la déposer sur une botte de paille dans une grange vide. Et ce fut là, au milieu du frémissement de l'air où passaient les obus que le fils de Roc-Marie vint au monde.

— Hé, sœur Gertrude, cria le jeune homme, tendez votre tablier que je vous donne un joujou. Il crie comme s'il voulait dominer la musique des canons ; emportez-le vite, un obus vient de taper dans le mur qui flageolle, fichez le camp au trot...

Il n'acheva pas, le toit et le mur s'effondraient en ensevelissant Yolaine étendue sur la couche misérable où elle venait d'accomplir le dur et sublime rôle pour lequel fut créée la femme. Maintenant, sous l'éboulement des charpentes et des pierres, son âme pure devait remonter à Dieu.

Sœur Gertrude, aveuglée de poussière, fuyait ; elle se jeta dans l'église d'où, après un pansement extemporané, on chargeait les blessés sur des cadres qu'on glissait dans une voiture d'ambulance prête à partir en toute hâte, car le bombardement faisait rage.

Avec son tablier et un débris de capote de soldat elle enveloppa l'enfant :

— Pauvre orphelin, tu es pourtant robuste et bien bâti. Ah ! si je pouvais donc te baptiser ; mais où prendre de l'eau ? Elle plaça le petit dans le bénitier à sec et partit en recherche.

Pendant ce temps, le major en chef essayait de calmer Armande tout à fait folle et dont l'enfant venait de naître mort. Elle pleurait, criait : Mon fils ! je veux mon fils !

Alors apercevant le petit être abandonné, gémissant dans la conque de marbre, il le saisit, le mit dans les bras de cette mère éperdue :

— Tiens, le voilà ton petit et tâche de nous ficher la paix. Ça bombarde ferme, là-haut.

La voiture d'ambulance partait, le major y coula la mère et l'enfant et, sans plus s'occuper de cette étrange et tragique aventure, il retourna aux autres blessés, dont les hurlements de douleur se mêlaient au ronflement des bombes et aux écroulements.

Sur la route, où trainaient les fugitifs, l'autobus chargé de soldats mourants d'une femme et d'un bébé, se frayait un passage, en marche vers l'ambulance d'arrière. Armande, calmée, ne criait plus ; elle serrait contre son cœur le petit enfant endormi.

SECONDE PARTIE

I

L'ENFANT

Sur le quai de Saint-Nazaire, le 4 mai 1927, un grand nombre de gens, les yeux abrités de leur main regardaient l'entrée du port. On attendait le grand paquebot « La Croix du Sud » ; il était annoncé pour midi et l'on ne voyait pas encore dans l'air calme son panache de fumée.

Parmi les curieux, on pouvait remarquer la haute silhouette d'un jeune homme qui marchait doucement, l'œil au loin. Sur sa poitrine brillait la rosette de la Légion d'honneur et le ruban de la Croix de guerre. Son visage calme, aux grands yeux roux, pleins de rayons, ses cheveux, couleur de goémon, son attitude fière, sa démarche assurée indiquaient bien l'homme qui avait su gagner les marques honorifiques dont il était décoré.

Derrière lui, à la place réservée aux véhicules, un chauffeur, debout près de sa voiture, la lorgnette braquée sur l'horizon l'abaissa tout à coup et, en quatre enjambées joignit le promeneur.

— V'là le bateau, patron ! regardez vous-même.

Le jeune homme saisit vivement l'objet tendu :

— Oui, je vois. Quel excellent instrument vous avez là.

— Pas vrai ? Y a dix ans que je le possède ; je l'use guère. Savez pas, monsieur, je l'ai ramassé sur le champ de bataille, il est boche. Si que vous veniez vous asseoir dans la voiture, il y a encore pour un bout de temps avant que le gosse saute sur la terre de France ; que c'est la première fois qu'il y met le pied, dans sa patrie.

— Il y est né.

— Ben oui, mais sûr qu'il n'a pas trotté sur notre

plancher des vaches, puisqu'il est parti avant ses six
mois pour les grandes Indes.

— Pauvre petit ; il arrive dans l'inconnu, et pourtant c'est son pays, sa famille.

— Ah ! il n'est pas à plaindre, pour sûr ; sa grand'
mère, son oncle se font assez fête de l'avoir, le gosse
à M. le marquis de Val d'Ombre. Y s'appelle Renaud
comme son père. Est-ce qu'il faudra lui dire monsieur
le marquis ?

— Non. C'est un enfant de quatorze ans.

— Et vous êtes rudement content de le tenir, vous,
le tonton.

— Oui, le cher petit est le dernier des Val d'Ombre.

— Ben, et vous ?

— Je représente la branche cadette, mon vieil ami.
Moi qui serai, j'espère, reçu dans un an prêtre du
Seigneur, je n'aurai jamais de descendance.

— Paraît que Mme Armande, elle y a pas manqué à
la descendance ! Votre maman a dit à ma femme,
comme ça, qu'elle avait cinq filles de son Anglais. M'est
avis que notre petit Renaud y sera mieux chez nous.

— Ne dites pas de choses ridicules, Hardichaud.
Sa mère, veuve à vingt-et-un ans, devait se remarier.
Si elle nous envoie mon neveu, c'est pour achever son
éducation en France, le perfectionner dans notre langue qu'on ne parle guère au pied de l'Himalaya. Cette
décision nous cause une grande joie à ma mère et à
moi.

Un soupir ponctua ces derniers mots.

Le chauffeur y répondit par un regard ému :

— Ah ! la maudite guerre. Sans elle, Mme Yolaine
et votre enfant seraient là.

Il se tut la gorge serrée et remit sa lorgnette à ses
yeux.

Roc-Marie s'était assis dans la voiture. Malgré toute
son énergie, ses jambes tremblaient. Il attendait l'enfant de son frère, le pauvre Renaud, tué le 22 août
1914 à Messin. Cet enfant échappé par miracle à la
grande hécatombe. Tandis que sa femme à lui, sa Yolaine bien-aimée, avait dû mourir sous les bombes ou
dans sa fuite, puisque malgré toutes les recherches,
nul n'avait pu en donner la moindre nouvelle. La femme du chauffeur était la dernière personne ayant aperçu l'infortunée jeune femme au moment où elle descendait de sa charrette à âne au village des Ablettes,
accompagnée de sa belle-sœur en proie à une crise d'é-

clampsie. Mais comme les bombes tombaient, Annie Hardichaud, sa Lolotte dans les bras, s'était sauvée à travers les bois où elle avait passé la nuit. Au jour, le lendemain, elle avait vu, du haut de la colline, le village en ruines gardé par les Allemands.

Roc-Marie avait achevé la guerre ; il s'était exposé sans crainte, battu sur terre et sur mer, aucune blessure ne l'avait effleuré. Etrange chose que la destinée. Son frère tué à sa première bataille et lui traversant indemne les postes les plus dangereux, parce que son rôle n'était pas fini sur terre. Il le comprenait, il voyait clairement avoir dévié de sa voie, avoir abandonné sa vocation primitive pour une autre. Là, sans doute, était sa faute. Dieu le voulait à Lui seul. Il avait brisé tous ses liens charnels ; il devait, le cœur déchiré, mais l'âme très haute, retourner à son premier élan. Il avait accompli le sacrifice, il était allé se jeter aux pieds du Saint Père qui lui ouvrait les bras. Cinq ans plus tard, il passait brillamment ses examens de théologie, il assistait à l'ordination de ses condisciples avec quelle ardente foi ! Mais le Saint Père lui imposait encore une année d'épreuve avant de lui conférer le Sacrement de l'Ordre qui attache irrévocablement le prêtre à son Dieu. Malgré ses supplications, sa conduite exemplaire, son immense désir de partir aux missions lointaines, de se vouer corps et âme à l'apostolat, le Vicaire du Christ, dans son extrême sagesse, exigeait que ce jeune homme qui avait connu le bonheur humain d'être époux, soit sûr d'avoir brisé tous les liens du souvenir. Il lui refusait la tenue ecclésiastique.

Roc-Marie dut se soumettre en faisant serment au pied de l'autel de rester sur la voie sainte sans défaillance. Selon le conseil paternel de son chef, il partit avec sa mère pour Ker-Menhir. Là, il étudiait, travaillait, se prodiguait aux œuvres pastorales, faisait des conférences dans son rayon. Très doué physiquement, il semblait qu'une radiation de sympathie émanait de lui. Philosophe érudit, savant, il savait conquérir son auditoire, imposer l'attention, faire vibrer les consciences, sa foi si absolue était communicative.

Maintenant, dans cette voiture, le cœur battant, il attendait...

— Vite, patron, vite. Il est là, on le voit sur le pont, annonçait le chauffeur, il agite sa casquette. Et c'est

« lui », allez, « lui » pour sûr, il a la figure de sa tante Yolaine.

Roc-Marie courut à la passerelle et soudain, il sentit contre son cœur, un autre cœur tout vibrant et sur ses joues des lèvres chaudes.

— Oncle Roc-Marie, darling dear ! I love you.

Et les mots se pressaient dans la langue habituelle de l'enfant. Quant à l'oncle, prononcer une parole lui était impossible. Il éloigna un peu le petit, le contempla une minute : Ah ! ces yeux de saphirs, ces longs cils recourbés, ses cheveux d'or, sa fossette au menton, ses joues roses, ce corps souple, svelte, cet élan spontané.

— C'est ma Yolaine, O ! Seigneur.

Hardichaud, presque aussi ému que son maître, prenait tout simplement le garçon par le cou et l'embrassait sur les deux joues.

— Bon Dieu, dirait-on pas le fils de sa tante.

Cet accueil si plein d'émotion, ne semblait causer à l'arrivant aucune surprise ; il était à l'unisson, son cœur, son sang parlaient. Ils allèrent à la voiture. Et comme le chauffeur reprenait possession de lui-même, il s'occupa de la malle du petit, tandis qu'assis l'un à côté de l'autre, les mains unies, les deux derniers Val d'Ombre se regardaient.

— Grand'mère, dit Renaud, where is my beeloved good mother ?

— Chez nous, mon chéri ; aussitôt ton bagage arrimé, on file. Dans une heure nous serons à Ker-Menhir.

— Yes ; oncle Roc-Marie, tu seras fâché je parle mal français.

— Oh ! tu l'apprendras bien vite, mon trésor.

— On parlait pas at home. I have letter for you.

— De ta mère ?

— Yes. Elle dit aimables choses pour grand'mère et toi.

— Merci, on la lira plus tard. Tu es content de venir avec nous, mon petit neveu ?

— Oh ! very glad. France patrie à moi. J'ai toutes lettres et photos, oncle que tu m'envoyais. I just like it.

— La malle est sur le porte-bagage. Patron, on part, vint dire le mécanicien. On va faire du quatre-vingts, ça vaut le coup.

Il grimpa lestement, bien que les années l'aient alourdi.

On traversa Nantes en éclair, la série des stations à travers une route toute bordée de champs frais et verts où le blé poussait, où la jeune verdure égayait la vue.

— Tu trouveras une grande différence entre la somptueuse villa des Lotus et notre modeste chalet breton.

— Je trouverai vous, dans le chalet, very beautiful.

— Ton voyage ne t'a pas trop fatigué, tu n'as pas été malade en mer ?

— Never. On jouait, on chantait, on dansait Charleston, aussi on mangeait toute la journée, cocktail so much.

— Cocktail ?

— Oh ! yes ; une boisson très forte.

— Tu n'en auras pas chez nous, mon petit, c'est malsain.

— Ce que tu me donneras, oncle Roc-Marie, very good.

L'exquise nature, pensait le jeune homme ; c'est curieux, au moral comme au physique, il ne ressemble ni à son père ni à sa mère. Renaud, mon aîné, était bon, mais assez froid et cet enfant est expansif, il était châtain foncé et cet enfant est blond comme l'avoine mûre. Il a de magnifiques yeux bleus, on dirait ceux de ma Yolaine. Armande est une piquante brune. Des larmes involontaires allaient venir, Roc-Marie se reprit d'un effort de volonté.

— Il faut que je me domine, pensa-t-il ; je ne vais pas faire vivre ce petit dans une sphère d'attendrissement ; on me le confie pour l'instruire, en faire un homme ; j'ai un devoir sacré.

L'enfant reprit :

— Oncle, quel est ce gros père qui m'a si violemment embrassé ?

Un sourire glissa sur les lèvres tremblantes de l'oncle.

— C'est notre chauffeur ; un brave serviteur dévoué qui nous a montré une grande fidélité. Nous l'avons à notre service depuis quinze ans. Sa femme est notre cuisinière et sa fille, âgée de dix-huit ans, est notre lingère. Avec le jardinier, ces gens composent tout notre personnel. Nous n'avons pas une collection de boys comme toi. Je te demanderai d'être patient envers ce digne serviteur ; il a des façons que nous n'avons pu

modifier ; la guerre, vois-tu, a changé bien des allures.
Le bon Hardichaud a connu ta tante Yolaine ; il est
vraiment de la famille par le dévouement.

— Il s'appelle, tu dis, Hardichaud. Very lustic, indeed.

En ce moment, le héros de la conversation ralentissait son allure. On longeait le port à sec et boueux,
comme sont les ports de marée ; on suivait la pente.

— C'est Pornic. Vois le château, là, sur la falaise.
Dans cinq minutes nous serons rendus.

Après avoir passé devant la plage de la Novellard,
l'auto monta un peu la route de Sainte-Marie et tourna
à une allée de sapins. Ker-Menhir était là.

Hardichaud actionnait sa corne d'appel. Pas n'était
besoin de tant de bruit pour faire accourir de l'intérieur les habitants de la maison. En haut des trois
degrés de granit apparaissait la marquise Pauline de
Val d'Ombre avec, toujours, son joli visage souriant
que le temps respectait. A présent elle portait ses cheveux blancs courts et frisés, ayant adopté cette coiffure bien avant la mode, parce qu'ainsi ses boucles
descendaient presque jusqu'aux sourcils, cachant l'aspect de la terrible blessure. Et, seconde raison, elle
avait gardé du coup qui l'avait assommée d'assez fréquentes douleurs de tête qu'eussent augmentées le
poids de longues tresses. Toujours svelte, sa robe de
laine courte selon l'usage de l'année, lui donnait encore l'apparence plus jeune. Près d'elle se tenaient
Annie et Charlotte Hardichaud, en tabliers blancs brodés, l'air heureux. Mais les deux femmes n'avaient pas
admis le privilège de leur mari et père, elles représentaient l'allure de servantes bien stylées, où le respect s'allie à l'affection reconnaissante.

Renaud, s'il avait l'habitude de la langue anglaise
n'avait nullement le flegme des fils d'Albion. Il était
Français jusqu'aux moelles, aussi embrassa-t-il sa
grand'mère sans songer au moindre cérémonial et il
tendit la main aux deux caméristes avec la plus absolue
cordialité.

— Mon enfant ! mon petit-fils ! mon Renaud ! disait l'aïeule. Oh ! que tu es charmant ! Quel bonheur
de t'avoir enfin !

II

EN FAMILLE

Si la grand'mère et l'oncle de Renaud étaient heureux d'avoir à eux, chez eux, l'enfant unique sur lequel reposait l'espoir de la famille, lui n'était pas moins rayonnant. Simple, doux, franc, loyal, il fut accoutumé immédiatement à la vie française. Il voulait connaître les habitudes, les goûts de son père ; il allait tous les jours dans le salon où était un portrait en pied du marquis de Val d'Ombre. Malheureusement, la galerie des ancêtres avait été saccagée avec le château, dans les Ardennes, et tous les souvenirs, toutes les choses qui parlent, gardent des rayonnements étaient disparues. Ker-Menhir confortable, relativement moderne, n'avait rien à raconter du passé. La tradition y suppléait. Roc-Marie initiait son neveu à l'histoire des siens que l'enfant ignorait totalement. Sa mère, très peu instruite d'ailleurs sur les Val d'Ombre, ne lui en parlait jamais ; d'autant moins que sir Owen Ralph Lee, son second mari, n'y trouvait aucun intérêt. Il s'occupait peu de son beau-fils, trop jeune encore pour être un compagnon agréable pour cet insulaire grand chasseur, aux moments où son travail de correspondant de l'Académie des Sciences et de Géographie, lui laissaient des loisirs.

Un matin, Roc-Marie surprit l'enfant en contemplation devant une glace qui réfléchissait le portrait de son père et lui-même, puisqu'il s'était placé au pied du tableau. Au bruit des pas de l'arrivant, Renaud se retourna vivement :

— Tu t'admires, fit l'oncle en riant.

— Come here, tonton Roc, regardez, je ne ressemble pas du tout à papa. Est-ce que mon mental, il serait pareil ?

— Sur bien des points, je le crois, mon petit. Tu es brave ?

— Pas trop. I don't like the war.

— Alors tu n'aimerais pas à être officier, à entrer à l'Ecole de Saint-Cyr, par exemple.

— J'aimerais mieux être matelot. Oh ! la mer, elle me transporte !

— Elle t'a au moins transporté, sourit l'oncle. Moi,

j'ai fait mon service militaire dans la marine et la guerre m'y a rejeté. Es-tu musicien ?

— On jouait du fifre au bord des lacs pour faire monter les nénuphars. Je préfère dessiner. Maman disait que je tenais de vous, oncle ; vous aviez so much goût pour votre album. Encore vous écriviez des mots en vers au bas des pages ; aussi, je fais.

— Je ne te demande pas si tu aimes l'étude, j'en jugerai. Je venais justement te proposer notre règlement de vie. Veux-tu que nous l'établissions ensemble ?

— I will. D'abord vacances, my darling oncle Roc-Marie, je faut connaître pays.

— Avant tout le français, mon garçon, et c'est travail de vacances. Je pense donc que tu pourrais suivre les cours d'un collège au mois d'octobre. D'ici là, je te donnerai des leçons et nous ferions le mois prochain un pèlerinage de souvenirs, bien triste, mais que je trouve indispensable. Nous irions aux Ardennes.

— Aoh ! yes, au Val d'Ombre avec Good Mother.

— Bien entendu. Nous n'y sommes encore jamais retournés depuis le grand malheur.

— No ! Vous rien curious, oncle.

— C'est tellement désolé ! Quand je suis rentré après l'armistice, très déprimé, j'ai dû rester ici avec maman. Ce n'est qu'en 1919, après longues réflexions, qu'inspiré par le ciel, je suis allé à Rome. Là, mon esprit et mon cœur ont été illuminés. Nous sommes restés six ans en Italie ; j'ai fait mes études au séminaire français. Tu vois que nous n'avons guère perdu de temps. Ensuite, quand ta mère a écrit des Indes à ton sujet, nous offrant ta chère présence, nous avons décidé de t'attendre pour ce voyage... redoutable au lieu de ta naissance.

— Pourquoi redoutable ?

— Parce que le château est une ruine noyée dans les plantes parasites, les frondaisons séculaires du parc ont été coupées, enlevées, transportées au delà du Rhin. Nos terres, labourées par les obus, ne sont pas encore totalement remises en état.

— Oncle Roc-Marie, c'est triste, yes, mais ce ne sont rien que des choses.

— C'est juste, enfant. Seulement les choses sont notre ambiance, notre élément de pensée ; elles provoquent la joie ou la peine ; elles durent plus que nous. Au Val d'Ombre, combien de générations des nôtres ont vécu ! Il y avait un grand arbre qui figurait notre généalogie, accroché dans le bureau de maman. La souche d'où partaient tant de rameaux étaient : Tancrède, Elie, Marie de Val d'Ombre, chevalier croisé, compagnon de saint Bernard.

— Qu'est-ce que cela fait qu'on ne le lise plus, on le sait. Ta mémoire, oncle, est un gravé livre.

— Qu'il faut bien peu de chose pour effacer. Peut-être as-tu raison, est-ce vaine gloriole de vouloir se parer des mérites que nulle peine ne nous a acquis. Viens voir notre chapelle : Notre-Dame des Pins ; elle est au bout du parc, enveloppée d'arbres à son chevet et ouverte sur la mer à l'entrée. Tu ne saurais pas répondre la messe à notre chapelain ?

— Non, peut-être j'aimerais.

Ils marchèrent dans le sable fin semé d'aiguilles de pins ; l'air salé, vif, tamisé par les arbres, était délicieux à respirer. Il y avait des statices maritimes, des petits œillets lilas, sous leurs pas. Ils contournaient les buissons et soudain l'immensité bleue de la mer apparut. Renaud ouvrit les bras comme pour embrasser l'espace.

— Aoh ! beautiful, very, beautiful indeed !

Le soleil d'été irradiait les flots et faisait étinceler les plaques de mica sur le granit de la chapelle. Debout, au bas des degrés, la grande et belle statue de saint Roc, appuyé le long du mur, à droite, montrant du geste le seuil et, près de lui, son compagnon fidèle, la tête levée, son gros corps de pierre admirablement sculpté.

— Oh ! saint Roc et Rocquet ! s'écria Renaud en bondissant sur le dos du chien.

L'oncle sourit. Que de fois, à cet âge, il avait eu le même élan ! Ils entrèrent. Suspendu au milieu de la nef, un petit navire se balançait. Au fond de l'abside, dominant l'autel, une peinture murale représentait la Vierge divine tenant son Fils debout sur ses genoux, comme pour le présenter à l'univers. De chaque côté, deux anges levaient leurs bras suppliants vers le Divin enfant.

— Vois ces deux anges, dit Roc-Marie, l'artiste leur a donné nos traits à mon frère et à moi. L'artiste c'est ta grand'mère.

Ils s'étaient agenouillés sur la première marche de l'autel, une prière montait de leur cœur. Ensuite, ils continuèrent le tour de l'église, un vitrail représentait le mariage de la Sainte Vierge. L'oncle attira l'attention de l'enfant :

— Les traits de la Vierge sont ceux de ta tante Yolaine, un peu idéalisés. Nous passâmes ici les premiers mois de notre union ; et c'est encore maman qui peignit ce vitrail.

— Que c'est beau ! cela amène une presque envie de pleurer.

— Cher petit !

— N'y a-t-il pas aussi le portrait de maman ?

— Non. Ta mère n'est jamais venue ici. Elle est très belle aussi, ta mère, très brune ; tu n'as rien d'elle.

— C'est ce qu'on disait, toujours, là-bas. J'étais moi hors ressemblance avec tous at home. Mes sœurs sont noires de cheveux et de yeux.

— Tes cinq sœurs. Ne vas-tu pas les regretter ; ici, tu n'auras personne pour partager tes jeux.

— Je ne jouais pas avec elles. Songez combien moins vieilles elles sont. J'ai six ans de plus que old Dolly et little Daisy ne marche pas encore.

— Tu étais heureux à la villa des Lotus ?

— J'aime mieux être ici. Je trouvais pas bien my place. Mon nom est Val d'Ombre et tous les autres sont Ralph Lee. Des fois, oncle Roc, j'ai cru que papa me soufflait des choses quand je promenais moi au bord du Gange. Et alors je voulais grimper la montagne pour aller plus près du ciel.

— Grimper l'Himalaya !

— Oncle Roc, c'est la mystérieuse montagne. Je rêvais de découvrir les cachés temples.

— Quels temples, mon chéri ?

— Le temple des Mages ; il y a vers le sommet où never no man n'a pénétré, les trois Rois : Melchior, Gaspard et Balthazar, vivants, là-haut.

— Une légende.

— It is very true. Tu sais, c'est après que je m'ai échappé pour monter et suis resté huit jours sans rentrer que sir Ralph a dit à maman : « Renvoyez le boy, chère ; il est dangerous boy, envoyez-le à la Mère.

— A la mer ?

— Pas la salée mer ; non, la mère à papa, il voulait dire.

— Je comprends qu'une fugue de huit jours aie pu les effrayer.

L'oncle et le neveu étaient sortis de la chapelle. Ils

restaient un peu sur l'étroite terrasse qui domine à
pic les rochers hérissés, où viennent battre les vagues.
Des hirondelles voletaient, cherchant un creux abrité
pour leur nid. L'enfant courait de tous côtés cueil-
lant des œillets parfumés pour les rapporter à sa
grand'mère.

III

LOISEL REPARAIT

Leurs journées s'écoulaient calmes, occupées ; ils
flânaient tous les trois en de longues promenades, pendant lesquelles l'oncle enseignait à l'antique et bonne
manière au milieu de la nature. L'élève comprenait
très vite, posait des questions intelligentes, abandonnait peu à peu son accent et ses locutions, montrait
une gaîté et une bonne humeur naturelles.

Quand il venait, d'un geste câlin, mettre son bras
autour de sa grand'mère, appuyer sa tête blonde contre son épaule, celle-ci pensait : Il a les manières de
mon Roc-Marie ; c'est à se tromper d'une génération,
je retrouve en lui les gestes, la démarche souple, le
sourire tendre de mon fils à cet âge. Ah ! comme c'est
donc étrange !

Un matin, oncle et neveu s'étaient embarqués sur
le « Saint-Philibert » pour aller à Noirmoutiers ; Mme
de Val d'Ombre, restée seule au chalet, tricotait tout
en rêvant, assise sous les rosiers grimpants qui formaient tonnelle devant la maison. Elle fut toute surprise de voir un visiteur ouvrir sans façons la barrière du jardin, entrer et venir à elle souriant la main
tendue.

— Ah ! le général Loisel ! mon ami, mon bon ami,
quelle fête de vous revoir ! Vous êtes au pays ?

— Pas loin ; j'ai été nommé à Nantes. Je vous ai
dénichés facilement ; on pourra voisiner.... comme
jadis. Où est Roc-Marie ?

— A Noirmoutiers avec son neveu.

— Son neveu ?

— Oui, le fils de Renaud et d'Armande.

— De Renaud et d'Armande... je n'y suis plus guère,
chère amie. Il y a si longtemps que nous nous sommes
perdus de vue, de tels événements ont passé. J'en

suis presque au soir de la mobilisation, le 2 août 1914.

Elle eut un grand soupir :

— Des deuils ! Je vous conterai notre triste histoire. Mais vous, toujours le brave colonel, pardon général, j'ai lu vos exploits ; et les chers vôtres sont bien ?

— Oui, grâce à Dieu. Ma femme est en ce moment près de notre fille Charlotte, à Chambéry. Elle va nous donner un bébé. La famille monte. De mes quatre filles, il est résulté dix-sept nouveaux membres pour garnir le foyer.

— Comment cela ?

— C'est simple. Reine, après la guerre, a épousé Clément Templier, lieutenant de chasseur en garnison au Maroc : cinq enfants en sont résultés ; ménage charmant. Yvonne s'est mariée avec Stanislas de Longpré qui fait valoir ses terres en Anjou, gagne beaucoup d'argent et peut élever ses quatre garçons. La plus jeune a pris pour époux le major Chantoul et attend la joie d'être mère. Et puis, pour consoler nos vieux jours à ma femme et à moi, nous avons eu l'enfant de la guerre, la benjamine, Marie-Cécile, un amour de fillette qui a treize ans.

— Mes compliments ! Nous avons moins de chance. Je n'ai, hélas ! qu'un petit-fils. Cette abominable guerre a ruiné tous nos espoirs.

Elle se tut. Le général mit ses lèvres sur la main de sa vieille amie.

— Ne me racontez rien... ne remuons pas les cendres pour y chercher l'étincelle de douleur.

— Non. Comme je pense sans cesse à ces choses, encore si mal éclairées, je peux en parler. La venue de mon petit-fils m'a fait beaucoup de bien, les Val d'Ombre ne tomberont pas en quenouille.

— Si je me rappelle bien, quand la guerre a éclaté, les deux jeunes femmes étaient sur le point d'avoir un bébé.

— Justement. Elles ont dû fuir l'envahisseur au milieu d'une détresse profonde. Notre pauvre chère Yolaine a disparu, tuée dans un bombardement ; nous n'en entendîmes jamais parler malgré toutes les recherches imaginables. Armande, plus heureuse, a pu se sauver avec son enfant. Elle a vécu dans un refuge à Paris, comme les exilées chassées de chez elles par l'invasion. De là, elle a écrit à sa mère qui, vous le savez, habite près de Calcutta. Celle-ci a réussi le voyage de France à travers bien des dangers, en passant par l'Espagne et elle a emmené, dans l'Inde, sa fille et son petit-fils. Tous ces événements s'accomplissaient à la fin de 1914. Nous sûmes que notre Renaud avait été tué à Messin, le 22 août 1914. Or, sa veuve — on ne saurait le lui reprocher — s'est remariée avec un Anglais. Elle a toujours habité l'Inde, depuis, et m'a envoyé son fils pour son éducation. Elle est devenue tout à fait Anglaise et se désintéresse, je crois, un peu de cet enfant.

— Et vous ne vous en plaignez pas.

— Non. Vous allez le voir, il est charmant. Vous me restez la journée ?

— Pas tout à fait ; mais je reviendrai dimanche avec Marie. Les deux petits feront connaissance. Et moi je serai si content de revoir Roc-Marie.

— Il veut se consacrer à Dieu. Vous savez qu'il en avait eu l'idée, avant son mariage. Quand il s'est vu accablé d'un double deuil : sa femme et son enfant, il s'est dit : « La Providence me montre la voie. Dieu me reprend ».

Alors nous sommes allés à Rome ; il a fait ses études, a connu l'extrême bonté du Saint Père. Il en est aujourd'hui à sa dernière année d'épreuve avant la consécration de sa vie à l'apostolat.

— Comment faites-vous pour être toujours si jeune, si jolie.

— Parlons-en. Regardez.

Elle soulevait ses courtes boucles blanches et montrait la profonde cicatrice.

— Ah mon Dieu !

— Vous avez prononcé, tout-à-l'heure, le nom du major Chantoul.

— Mon gendre.

— J'ai ignoré ce mariage. Après mon accident de chemin de fer, j'ai été soignée par un docteur de ce nom à l'Alvarède.

— Ce devait être son père. Un brave homme.

— Tout-à-fait.

— Qu'est devenue notre excellente duchesse d'Héricourt ?

— Elle nous attend le mois prochain. Nous allons faire un pèlerinage de douleur, là-bas, aux rives de la Semois et comme nous n'avons plus d'asile, nous logerons chez elle.

— Elle a pu conserver son bien ?

— Presque intact, sauf quelques bois coupés, bien

des meubles endommagés, mais enfin Héricourt a été restauré et elle y vit ainsi que jadis.

— Toujours avec ses usages surannés d'autrefois.

— Plus que jamais. Il lui arrive des aventures, elle en triomphe toujours. Elle a une sérénité inviolable.

— Comment s'est-elle tirée de l'invasion ?

— Elle était au Liban avec Gislain de Runkerque. Ils y sont restés bloqués les années de la guerre. Pendant ce temps, l'état-major allemand, installé au château, l'a sauvé du désastre.

— Et le bon Gislain ?

— Il a eu le même sort que nous : sa propriété saccagée. Alors il a accepté, tout simplement, de vivre près de sa vieille amie, Hermine d'Héricourt. Ils ont chacun dépassé la soixantaine. Ils forment un couple charmant et font des grandes charités. Ils sont vénérés dans tout le pays.

— J'irai les voir. J'ai quelque inspection à faire par là-bas dans la zone litigieuse...

Un homme qui roulait une brouette remplie de sable, non loin des causeurs, s'arrêta soudain et, en deux enjambées, fut près d'eux, son chapeau de paille à la main :

— Ah ! faites excuse, mon général, je vous ai reconnu et, ma foi, j'ai pas pu me tenir de vous dire bonjour.

— Vous, Hardichaud; je suis tout à fait content de vous serrer la main, mon brave; nous avons souvent roulé ensemble.

— Pour sûr, mon général. Quand que j'ai été réquisitionné avec ma voiture, j'y ai mené dedans bien des officiers. Seulement le souvenir de vous que j'ai gardé dans mon cœur, c'est quand vous veniez chez nous au château et que je vous ramenais avec vos demoiselles. Pas vrai, Patronne, que c'était joli dans ce temps-là ! Ma voiture toute fleurie d'oranger le jour du mariage de M. le Comte ; c'est moi que j'étais avec l'auto... le cadeau de noce.

Pauline de Val d'Ombre eut un faible sourire :

— Le jour du mariage de Roc-Marie, oui... la bonne Duchesse a offert aux jeunes époux sa superbe voiture décorée, pimpante.

— Et le chauffeur avec, tout habillé de neuf. Depuis on s'a jamais quitté, pas vrai, madame la marquise, que je l'aime tant.

— C'est le cas de vous appeler, comme le faisait la

Duchesse, Hardicœur, riposta Loisel en riant. A présent, bonne Madame, je me sauve; il y a un train à Pornic pour Nantes dans une heure.

— Si que j'apportais des rafraîchissements, offrit le chauffeur.

— Oui, tout de suite, approuva Pauline.

— Je n'ai pas le temps, Marquise, il y a bien quatre kilomètres d'ici à la gare.

— Mais je suis là avec ma bagnole, conclut Hardichaud en courant vers la maison.

— Il a raison, fit Mme de Val d'Ombre, j'irai vous reconduire; ça prolongera un peu cette courte visite.

— Ce brave homme est ici chez lui. Il n'a pas changé de façons.

— Non. Il est l'incarnation du dévouement, ce qui vaut mieux que le protocole. Et puis, voyez-vous, mon ami, nous sommes très évangéliques ici. Notre entourage nous respecte d'autant plus.

— Votre chalet me paraît délicieux.

— Il est commode, bien situé, abrité des vents, sauf le pavillon Bénévent, là-bas au bout du parc, que j'avais fait bâtir pour y loger Renaud et Armande. Hélas! il ne fut jamais habité. Je pense l'embellir pour mon petit-fils, quand il sera en âge de se marier. Quel sera son avenir... nous avions fait tant de projets!

— Mon général, interrompit le chauffeur qui arrivait chargé d'un plateau, j'ai mis là-dessus tout ce qu'il faut pour faire un cocktail; v'là la glace pilée, le champagne, le wisky, arrangez-le à votre goût.

— Je ne sais pas du tout fabriquer cette boisson compliquée.

— Alors, laissez-moi faire, mon ami, intervint Pauline; je vais vous composer un mélange que j'ai baptisé le « Lock-Menhir », vous y reviendrez, je vous le promets.

— Patronne, je sors l'auto. Mon général, son nom, à la bagnole, c'est Roul-Menhir.

— Allez vite, et dites à votre fille de m'apporter mon chapeau et mon écharpe, ajouta Mme de Val d'Ombre

IV

UN PEU DE CLARTÉ JAILLIT

Le premier dimanche de juin, sous un ciel merveilleux, confondu au loin avec une mer plus foncée, que pas une vague n'agitait, l'auto de Ker-Menhir stoppait au bas du perron où l'attendait la Marquise, selon sa gracieuse habitude d'aller au-devant de ses visiteurs. Renaud se tenait près d'elle. Roc-Marie revenait de Pornic avec le général radieux de présenter à son amie sa fille. C'était une svelte enfant, fine, au teint de fleur, aux immenses yeux d'azur ombrés de cils bruns comme ses cheveux courts abondants et soyeux. Elle portait une robe de toile blanche brodée qui dégageait son cou et ses bras sans l'exagération de la mode de 1927. Un léger toquet de paille de riz couronnait son front pur.

La Marquise l'attira contre elle :

— Sois la bienvenue, ici, mignonne ; tes parents étaient mes amis avant que tu sois née.

— Alors vous m'admettez tout de suite, moi aussi, Madame ; j'en suis si contente.

— Et moi, fit Renaud, qui ne voulait pas être oublié, tu veux bien aussi être mon amie. Je l'avoue tout de suite : tu me plais, dear Mary.

La Marquise sourit :

— Ma chère petite, aie quelque indulgence pour ce petit « pays chaud », il sait mal le français et ne se rend pas compte de la portée des mots.

— J'aime mieux les croire tels qu'ils sont dits, Madame.

— Alors, réponds-moi, trancha en riant le garçon.

— Hé bien, je dis la même chose que toi.

— Le protocole est enfoncé! fit le général, gaîment. Les jeunes générations l'envoient aux vieilles lunes.

Et moi Renaud, tu ne me dis rien? Je suis le père de Marie, est-ce que je te plais autant?

— Very well, général. Will you kiss me?

L'officier mit ses deux mains sur les épaules du garçon, le regarda une minute, puis tournant les yeux vers Roc-Marie, il balbutia :

— C'est inouï, le vrai portrait de Mme Yolaine.

— C'est juste ce que je dis, approuva Hardichaud, qui apportait le sac et l'ombrelle de la jeune fille.

Ils entrèrent dans la salle à manger où le soleil, tamisé par les arbres très proches, avait des reflets moins vifs. Partout des fleurs : sur la nappe, dans des potiches placées aux angles de la pièce.

— Comme c'est bon de refaire ici un petit groupe d'autrefois, fit le général placé entre la Marquise et son fils qui se faisaient vis-à-vis, et en face l'un de l'autre les deux enfants.

— Juste à l'opposé de la France. Si nous nous étions accroché au soleil qui s'est levé sur les Ardennes, il nous eût amené tout droit en Bretagne, énonça Roc-Marie.

Charlotte Hardichaud passait les hors-d'œuvre : des palourdes, des crevettes roses. Adroite, gentille, avec ses bras nus jusqu'au coude, son tablier blanc brodé, son col un peu ouvert, elle représentait le type de la « valette » moderne remplaçant le maître d'hôtel par suite de l'économie forcée chez les anciens riches. Les Val d'Ombre, avaient perdu une grande partie de leur fortune, celle de Yolaine, morte sans testament, était allée à de lointains cousins qui avaient eu profit à la refuser à cause des exigences du fisc. L'indemnité due aux régions dévastées était naturellement versée à la veuve de l'aîné des Val d'Ombre, tutrice de son fils. Mais la Marquise douairière et le Comte, son fils cadet, trouvaient leur situation suffisante et ne se mettaient nullement en peine des choses financières. Ils se privaient pour donner davantage, surtout aux misères cachées, navrantes, nées de la vie chère, des loyers quadruplés, des impôts formidables, etc... bref de toutes les difficultés du jour qui transforment la société.

Le repas était gai, le vin d'Anjou circulait en même temps que le cidre mousseux de la Bretagne. Renaud leva son verre :

— Voilà qui dépasse la bière anglaise de toute la hauteur de l'Himalaya. Ici, est-ce l'usage de toaster ?

— Oui, un peu plus tard, au dessert. On portera les

santés, comme dit notre amie d'Héricourt, approuva la
grand'mère ; on y va même souvent chez elle de la
petite chanson.

— Ça vaut mieux que les discours, ajouta le général ; imaginez qu'à mon dernier passage à Paris, j'ai
dû présider un banquet en l'honneur d'un illustre hy-
giéniste, mon compatriote ; j'ai eu la mauvaise idée
de faire son éloge en quelques mots. Un journal l'a
cité avec une ridicule coquille.

— Il y en a de bien drôles quelquefois.

— Oui, mais la mienne peut ne pas se deviner. J'a-
vais dit que Stanislas Marmier avait fait un grand
bien à la santé des militaires en assainissant les ca-
sernes, en prescrivant des lois hygiéniques, bref, il
s'attachait surtout à obtenir la conservation du soldat.
Or ils ont imprimé la « conversation ». Jugez si je de-
venais grotesque.

La Marquise sourit :

— Écoutez, mon ami, j'ai lu mieux que cela. Il s'a-
gissait de l'éloge d'un général célèbre qui venait de
mourir. L'orateur avait dit en un bel élan poétique :
« ... et sa victoire coutumière le suivit jusqu'au tombeau ». Hé bien, on a imprimé : « Et Victoire sa cou-
turière le suivit jusqu'au tombeau ». Voilà qui vous
dame le pion mon cher.

Tous s'amusaient. En parfaite maîtresse de maison,
Pauline de Val d'Ombre voulait éviter les souvenirs
mélancoliques. A quoi bon, nul n'oubliait en soi ; mais
elle devait à son entourage le réconfort moral.

— Faisons le tour du propriétaire, la corvée de l'in-
vité. Venez, mes amis, vous extasier au bout du parc.
Vous y verrez notre chapelle, dédiée à saint Roc et,
en face, à pic sur l'eau, le pavillon de saint Bénévent.
La mer est haute, elle caresse le rocher au lieu de
jaillir jusqu'au sommet de la falaise ; aspect bien plus
pittoresque, seulement nous y trouverons un très grand
avantage : le très doux murmure des flots sera un accompagnement pour la musique que nous allons vous
faire entendre.

— En effet, je me souviens, approuva le général, du
beau talent de Mme de Val d'Ombre.

— Il y a bien longtemps que je n'ai touché un piano ;
j'ai infiniment plus de plaisir à écouter chanter un
merveilleux instrument.

— Une prime à la paresse, déclara Roc-Marie. Pourquoi tant travailler, quand on peut avoir, chez soi,

sans peine, les orchestres du monde, la musique sacrée, les opéras des grandes capitales et jusqu'aux sermons des grandes messes.

— Hier au soir, fit Renaud, nous avons entendu « Sigurd » qui se donnait à Vienne.

— Dieu permet la science, l'homme l'acquiert plus vite que la vertu.

— My dear oncle, lança le jeune garçon, le cœur suivra l'intelligence, ce sont les Mages des temples cachés de l'Himalaya qui jettent sur notre univers, où ils viennent éclore, les germes de pensées.

— Que dit ce savant ? questionna Marie intriguée.

— La légende des Grands Initiés. Je te la raconterai en nous promenant, à moins que tu ne préfères que je te donne une raquette et une balle.

— J'aime mieux la légende.

Il passa un bras sous celui de la fillette et ils marchèrent dans le sentier qui épouse les sinuosités de la côte, tandis que le groupe de leurs parents s'asseyait sous les sapins.

— Surtout, parle français, conseilla l'oncle ; Marie reprenez-le, il panache un peu trop ses discours.

— Oh ! oncle, tu disais ce matin, que je fais de grands progrès.

Les petits partirent en riant suivis par les regards attendris de ceux qui les aimaient.

— Au-dessus des neiges, commença le garçon, il y a un vaste espace qui est un paradis terrestre. Les rochers qui l'encerclent sont d'une matière apte à emmagasiner les rayons solaires. Toutes les fleurs, tous les fruits fleurissent et mûrissent en ce merveilleux pays. Un temple s'élève au milieu : c'est la demeure des trois Rois Mages, qui allèrent offrir leurs présents à l'enfant Jésus, lequel leur accorda, en retour, de ne jamais vieillir et de durer autant que la planète.

— La terre ? Ils vivront autant que la terre et ils vivent depuis plus de 1930 ans !

— Oui. Le miracle. Ce sont des savants ; ils avaient deviné la venue du Messie, par l'étoile qu'ils guettaient au sommet du mont de la Victoire ; aujourd'hui, ils attendent son retour qui annoncera la venue du Christ Glorieux à la fin des temps.

— Mais qui t'a dit ces choses ?

— On les connaît là-bas, d'où je viens ; un jour je suis parti pour aller trouver les Mages, j'ai grimpé pendant longtemps ; puis je me suis senti mourir et je suis redescendu. Les Mages ne veulent pas qu'on trouble leurs mystères. Ils ont, là-haut, un grand miroir où se reflète tout ce qui se passe sur le globe. Et c'est eux qui, par moments, lancent des idées dans l'air pour les cerveaux humains les plus aptes à les recevoir.

— Comme tu dis des histoires étranges !

— Là-bas, les soirs, moi aussi, je cherchais l'étoile... Ici, oncle Roc-Marie m'apprend les constellations de cet hémisphère.

Ils arrivaient à la chapelle. Marie eut la tentation de sauter sur le dos de Roquet. Renaud se suspendit au bras tendu du saint de pierre.

— Tu sais, Marie, toute la matière vit...

Elle haussa les épaules.

— Tu rêves.

— Vois ces lichens, ces mousses, elles ont trouvé dans ce chien de granit un élément pour végéter.

Il était monté sur les épaules de saint Roc.

— Tu représentes l'enfant Jésus sur le dos de saint Christophe. Descends, voici ta grand'mère, ton oncle et papa. Ils apportent la caisse à musique et son cadre.

Le groupe pénétra dans la chapelle, on récita une prière et ils eurent l'audition d'un chœur de l'abbaye de Westminster.

— Je ne désespère pas, murmura la fillette, d'entendre un jour, par ce moyen, les anges qui chantent dans le Paradis la gloire de Dieu.

V

LES JOURS ENSOLEILLÉS

Dès lors, ce fut une habitude : tous les dimanches, le général Loisel et sa fille arrivaient à Ker-Menhir par le train du matin. Ils assistaient à la messe à la chapelle des Pins où un vicaire de Sainte-Marie voulait bien venir célébrer le saint office. A cause de la grande distance qui existe entre les églises paroissiales de Pornic et de Sainte-Marie, la chapelle est admise comme d'utilité publique. Renaud avait tout à apprendre du culte catholique ; à la villa des Lotus, il avait suivi comme toute la famille le culte protestant.

mande, remariée avec un luthérien, avait oublié ses devoirs trop lointains. Dans tout le pays, il n'existait aucun prêtre catholique. Roc-Marie avait écrit à sa belle-sœur pour lui demander quels sacrements son neveu avait reçus. Elle avait répondu :

« Mon cher Frère,

« Je m'en rapporte à vous totalement pour diriger la conscience de mon fils ; je sais qu'elle est en bonnes mains. Il est juste qu'il soit admis à pratiquer la religion de son père. Ici, il n'y a pas de culte catholique. Renaud a reçu un bon enseignement moral et l'exemple de mon mari qui est un croyant dans sa foi où sont élevées mes filles. Je n'ai aucune certitude qu'il ait été baptisé, j'étais mourante. Quand je me suis retrouvée dans un refuge, à Paris, les Dames de la Croix Rouge qui nous soignaient, ne s'en sont pas, je crois, occupées. Plus tard, quand ma mère nous a amenés ici nul n'y a pensé. Renaud a une nature facile, affectueuse, il me rappelle souvent par ses attitudes et ses goûts, notre chère Yolaine perdue... Il partageait ici nos exercices religieux, le prêche, la lecture de la Bible. Mon fils est appelé à vivre en France ; il a l'héritage de son père auquel moi, étant remariée, je n'ai aucun droit. Je n'ai d'ailleurs nul désir de revenir en France où j'ai tant souffert. Dirigez donc la voie de cet enfant que je vous demanderai de nous envoyer en séjour quelquefois. Vous êtes son tuteur naturel.

« Croyez, mon cher frère, à mes sentiments de gratitude pour cette tâche que vous acceptez avec tant de bonté et recevez l'assurance de mon meilleur souvenir.

« Armande RALPH LEE. »

Renaud n'avait jamais réfléchi aux sujets pieux. A la villa des Lotus, après une courte lecture le dimanche, on jouait au tennis, au golf, on montait à cheval. La société anglaise était gaie. Il avait de nombreux camarades. Son instruction était assez vague ; il suivait sans attrait des cours de science à Calcutta. Seulement, chose innée, il aimait à lire l'histoire sainte, la bible l'intéressait et, chaque fois qu'il pouvait un peu accaparer sa mère, ce qui n'était pas facile car elle avait mille occupations mondaines et familiales, c'était pour lui demander des détails sur la France et sur son père.

Roc-Marie trouvait un terrain vierge en cette âme élevée, portée vers le beau et le bien. L'enfant avouait se trouver entre sa grand'mère et son oncle, si à l'aise, si heureux : la voix du sang n'est certainement pas un vain mot.

On le baptisa sous conditions. Sa grand'mère et le général Loisel furent parrain et marraine.

Loisel, sur la demande de la Marquise, avait permis à sa fille de rester une quinzaine de jours à Ker-Menhir. Elle assistait aux leçons de catéchisme, elle faisait répéter son ami en se promenant dans la campagne, et les causeries de ces deux êtres purs étaient charmantes. Marie expliquait à son compagnon l'histoire de la Sainte Vierge dont il n'avait nullement l'idée juste et il se jetait à plein cœur au culte si doux de la Mère de Dieu.

Aux premiers jours de juillet, les Val d'Ombre décidèrent de partir dans les Ardennes. Ils traverseraient la France à petites journées en auto. La roulotte, bien révisée par les soins du digne chauffeur, leur permettait un voyage avec un minimum de fatigue. Ce voyage serait en même temps une leçon de géographie et d'histoire pour Renaud qui ignorait la culture, les usages et les ressources de sa Patrie.

La première étape serait à Nantes, bien que Mme Loisel fût absente, Marie et son père tenaient à recevoir leurs amis à déjeuner. Ensuite, ils iraient coucher plus loin. C'était une fête dont tous se réjouissaient.

Loisel avait découvert un logis vieillot, commode, tranquille, près des Cours et de la gare, dans la rue Malherbe peu longue qui s'achève juste en face de la chapelle des Missionnaires. Les maisons ont en façade des statuettes de saints dans des niches, de rares passants troublent la paix, on se dirait dans un béguinage. Marie se plaisait là infiniment, elle avait un jardin, des fleurs, des oiseaux.

A midi, le 4 juillet, l'auto s'arrêtait devant la porte cochère de l'hôtel du général, porte ouverte au large afin de laisser passer l'imposante « Roul-Menhir » qui faisait un bruit de tonnerre sous la voûte. L'officier accourut, un soldat indiquait le garage au chauffeur, ancienne remise en laquelle le digne Hardichaud eut grande peine à pénétrer

— Que j'aime votre quartier et votre maison, mon ami, dit Roc-Marie, amateur de l'antique.

— C'est une trouvaille. Entrez, chers amis ; mon logis n'offre pas l'idéal du confort moderne, pas d'électricité, ni de calorifère, de grandes pièces à boiseries sculptées du temps de Louis XV, des trumeaux et le mobilier en rapport. J'ai loué meublé.

— Il y a là de quoi ravir de joie notre excellente duchesse d'Héricourt.

La salle à manger offrait d'énormes poutres apparentes entre lesquelles se voyaient les blasons accolés des anciens propriétaires. L'épaisse table, en vieux chêne s'ornait d'un service impeccable où ne manquait ni serviettes ni fourchettes, ce que fit remarquer en riant la marquise car c'était un anachronisme.

Marie arrivait en hâte, suivie d'un officier dont le col de velours grenat indiquait la fonction de major de l'armée.

— Je vous présente, mes chers amis, dit le général, mon gendre René Chantoul, arrivé impromptu ce matin.

— Je suis bien contente de cette faveur du hasard, répondit Mme de Val d'Ombre. Votre nom, monsieur, me rappelle le bon docteur Chantoul de l'Alvarède, auquel je dois beaucoup.

— C'est mon père, madame, il parle souvent de vous, une miraculée, au milieu de l'horrible catastrophe.

— M. et Mme Chantoul habitent toujours là-bas ? demanda Roc-Marie.

— Toujours. Des Savoyards ne se déplacent guère.

— Si ce n'est pour ramoner les cheminées, acheva Marie.

— Encore une chose désuète, émit le général.

Tout en parlant, ils étaient entrés au salon dont l'aspect restait en harmonie avec l'époque ; mais le maître d'hôtel ne leur laissa pas le temps de s'y complaire.

— Mademoiselle est servie.

— Mes compliments à la jeune maîtresse de maison, dit la marquise. Quel ravissant surtout tu as composé avec des héliotropes et des roses blanches.

— Marie est si fière de vous recevoir, avoua le major.

— Monsieur, lui demanda Renaud, vous avez beaucoup de décorations ; elles marquent de glorieuses étapes.

— La guerre !

— Vous me semblez bien jeune docteur, intervint Mme de Val d'Ombre, vous avez dû n'en être qu'à la fin.

— Non, madame, je suis parti le premier jour. J'étais encore étudiant au Val-de-Grâce, mais il fallait tant de médecins ! On m'a envoyé aux Ardennes, c'était la terrible hécatombe du début. Ah ! quel baptême pour mon entrée dans la carrière.

La marquise regarda son fils ; il avait les yeux braqués sur l'officier avec une intense attention. Il demanda :

— Vous ne vous battiez pas, vous n'étiez que pour secourir les blessés.

— Oui. Et pourtant mon premier emploi de médecin a été bien étrange. Quel drame, mon Dieu !

— Que s'est-il donc passé ? interrogea Roc-Marie ; vous étiez dans les Ardennes, dites-vous ?

— Nous avions installé, comme nous pouvions, avec l'équipe d'infirmiers, une ambulance de première ligne. Les blessés affluaient ; on les mettait dans l'église, les autos sanitaires les emportaient après un rapide pansement. On avait évacué les civils ; les bombes se rapprochaient... mais ne parlons plus de cela, c'est le passé.

— Vous évoquez une vision d'horreur, monsieur, fit Pauline de Val d'Ombre, laissez-moi cependant vous poser une question. Vous deviez être peu éloigné de notre habitation du Val d'Ombre.

— Je ne sais pas. Nous étions arrivés le matin ; le train s'était arrêté sur la voie ; nous ne savions même pas où nous étions. Les brancardiers, les cacolets nous déversaient... la besogne ; nous n'avions pas le temps de regarder autre chose et pourtant je vis une si terrible catastrophe !

— Quoi docteur ? Ne croyez pas à une vaine curiosité. Certainement vous étiez sur la limite de nos terres. Qu'avez-vous vu ?

— Voici : il arrivait, au trop d'un âne, une misérable charrette, conduite par une jeune femme en proie à une visible anxiété. Près d'elle, une autre jeune femme se tordait en pleine crise de nerfs et criant. La conductrice arrêta l'équipage. Notre médecin-chef passait, elle l'appela :

— Docteur, en grâce, aidez ma sœur à descendre, soignez-la.

Surpris, le docteur examina les deux malheureuses :

— Ah ! bien exclama-t-il ; il ne manquait plus que ça.

Il enleva la personne en proie à une crise de nerfs et l'emporta je ne sais où. Sa compagne défaillait ; elle serait tombée si je ne m'étais trouvé là pour la soutenir. Je compris ce qui allait se passer et j'abritai la jeune femme dans une grange où il y avait un tas de foin.

La marquise et son fils semblaient extrêmement troublés. Le major les voyant très pâles, se taisait.

— Oh ! continuez, docteur ; si vous saviez à quel point vous nous intéressez... ce que vous racontez nous touche, je crois, de bien près.

— Des obus vinrent ébranler le mur de la grange, le toit commençait à glisser. Je vis le danger ; une religieuse traversait en courant la porte béante de notre précaire asile ; je criai :

— Ma sœur, venez, par pitié !

Elle entra, et je pus jeter dans son tablier un bébé naissant... Je voulus retourner vers la mère, mais le toit s'effondrait ; je fus enveloppé de poussière et de gravats. Celle qui gisait sur le tas de foin avait disparu sous les décombres. D'autres obus éclataient à l'entour, le clocher de l'église s'écroulait, les autos emplies de blessés fuyaient. En ce moment, j'aperçus le médecin-chef ; il me dit : « J'ai mis la femme dans la dernière voiture, son petit est mort, j'ai pris dans le... ». Sa parole fut coupée, le sang coulait de son front ; je montai sur le siège de la dernière voiture. Le village en ruines, en feu, restait abandonné.

Un silence suivit ce récit. Roc-Marie, blême, dit d'une voix hésitante :

— La mère a été ensevelie sous les pierres, mais le bébé qu'est-il devenu ?

— Je l'ignore tout-à-fait. Je l'ai donné à la religieuse et ne les ai jamais revus.

— Et le médecin-chef qui a dit : « le petit est mort », vous savez où il est ?

— Pas davantage ; c'était un médecin civil.

— Vous ne connaissez pas son nom ?

— Je ne l'ai jamais entendu nommer.

— Et la religieuse ?

— Je ne le sais pas davantage ; j'ai été dès le lendemain envoyé dans une autre formation sanitaire.

— C'est que, voyez-vous, docteur, j'ai perdu ma belle-fille, expliqua la marquise, et mon petit-fils... Est-ce que cette histoire serait la leur ?

Roc-Marie, incapable de parler, regardait Renaud dont les yeux, malgré lui, s'embuaient de larmes.

Le général voulant chasser l'impression de tristesse, éleva la voix au milieu du silence angoissé :

— La guerre a causé bien des situations extraordinaires ; ne vous apesantissez pas sur une scène comme tant d'autres.

— Pas comme tant d'autres, général, reprit la marquise ; nous allons dans les Ardennes rechercher des traces... Ce que vient de raconter le major est une lueur sur notre voie.

— Si faible, madame.

— La jeune femme... écrasée était-elle blonde, très jolie ?

— Je ne l'ai pas regardée ; il dégringolait d'en haut des choses lourdes ; j'entendais le tic-tac des mitrailleuses qui approchait. Je ne puis malheureusement vous dire plus que ces quelques mots.

— C'est tout de même un bout de filon, balbutia Roc-Marie ; là-bas, sur place, peut-être pourra-t-on le renouer.

Le déjeuner s'acheva au milieu des préoccupations, chacun pensait des choses...

VI

AUX RÉGIONS REVERDIES

Les trois Val d'Ombre étaient si impressionnés par le récit qu'ils venaient d'entendre, qu'ils décidaient de faire la route aussi vite que possible. Ils brûleraient les étapes, ne s'arrêtant que pour les repas. Plus ils approchaient, plus leur cœur était étreint d'angoisse. Renaud devinait les pensées de sa grand'mère et de son oncle. Lui aussi repassait le dilemne obscur, déduisait, rebâtissait son court et mystérieux passé. Souvent, il surprenait le regard de son oncle arrêté sur lui, le détaillant, l'observant, voulant arracher à la vie son secret.

Ils avaient résolu de ne pas aller tout droit chez la bonne douairière, de commencer par le village des Ablettes où, selon leurs déductions, les deux sœurs de Val d'Ombre avaient dû échouer le jour néfaste. Ils y furent au soir tombant. Sauf l'église qui n'avait plus de clocher, les maisons étaient rebâties ; elles étaient presque toutes neuves, pimpantes, garnies de plantes vertes. Au long des murs il y avait des arbres à fruits productifs. Ils entrèrent à l'auberge du « Rescapé » très propre, avec devant l'entrée une terrasse enveloppée de houblon.

La soirée était tiède, parfumée des fleurs écloses dans les parterres. Les voyageurs se firent servir à dîner sous les pampres et tout en mangeant la marquise interrogeait la maîtresse d'auberge.

— Etes-vous du pays, madame l'hôtelière ?

— Non. Nous sommes venus de Paris ; comme on reconstruisait ici il y avait de l'argent à gagner en tenant un café-restaurant. Le pays nous a plu, alors on s'y est fixé ; nous avons mis nos économies à monter un commerce.

— Connaissez-vous le château du Val d'Ombre...

— Très bien, on va s'y promener. C'est à dix kilomètres environ ; ça devait être beau autrefois.

— Vous n'avez jamais entendu parler des anciens propriétaires ?

— Non. Faut dire que les anciens habitants d'ici, ne sont guère revenus. Ils avaient eu si grand peur ! Y en a qui disaient comme ça qu'ils avaient été pillés et brûlés deux fois en leur vie : en 1870 et en 1914 ; qu'ils en avaient assez. Ils se sont fait payer leur indemnité et sont partis jusque dans le midi, rapport tout de même que les boches n'iraient pas jusque-là.

— J'aurais besoin d'un renseignement ; personne, croyez-vous, n'est resté ici pendant l'invasion : M. le Curé ?

— On dit que celui de la guerre a été tué. Celui d'aujourd'hui, c'est un jeune. Faut pas en perdre le boire et le manger, messieurs et dame, dînez toujours ; on va vous préparer des chambres, et demain on cherchera mieux ce que vous voulez.

Hardichaud rentrait ; il entendit les derniers mots :

— Madame la marquise, moi j'ai trouvé la pie au nid.

— Quelle pie ?

— Ben, une qui jase. Quand j'étais tout à l'heure, à faire mon plein d'essence au garage, y a une vieille qui me regardait. J'y ai dit, histoire de rire :

— Est-ce que vous voudriez acheter ma bagnole.

— Non, qu'elle a dit ; je regardais voir la drôle de chose que vous avez là à votre devant.

— Saint Christophe! Il est en argent et vaut son pesant d'or. C'est lui qui nous garde des accidents de route.

— Moi, j'ai un coq, et qu'est gros ! Y a un prince qu'à voulu me l'acheter. J'ai pas voulu le vendre; c'est celui qui a tombé de notre clocher quand les bombes l'ont démoli.

— Vous l'avez ramassé ?

— Oui. Ah ! personne ne me l'a disputé, j'étais seule, absolument seule, de restée là. Tous les gens s'étaient ensauvés.

— Pourquoi que vous vous ensauviez pas, vous ?

— Je tenais guère à continuer de vivre : mes deux fils venaient d'être tués, j'étais veuve. Alors je me suis assise sous mon noyer, dans mon jardin, et j'ai attendu les ennemis.

— Votre maison n'était pas démolie ?

— C'est la seule. Ma grange l'a été, démolie. Ils ont vidé ma cave. Mais ils ne m'ont pas fait de mal plus qu'à la petite dame qu'était su' le gros tonneau.

— Su' le gros tonneau !

— Le garagiste est venu interrompre la conversation; il m'apportait un bidon d'huile; la bonne femme s'en est allée; peut-être bien qu'on la ferait causer encore.

— On essaiera. Où demeure-t-elle ?

— Je l'ai vue remonter jusqu'en haut du village; elle a dû tourner à un chemin; mais puisqu'il n'y a que sa maison de reste du vieux temps, c'est pas malaisé à trouver.

— En effet. Nous irons dès ce soir à la découverte; il y a bien encore une heure de jour.

Le dîner s'acheva rapidement ; les chercheurs de mystère étaient si impatients ! Il leur fut très facile de découvrir l'Ardennaise, sa maisonnette se dressait toute grise — la seule grise — au milieu de jardins. La bonne femme était assise sous un grand noyer; elle passait tout doucement ses mains rudes sur la fourrure blanche d'un gros chat. Elle ne se leva pas à la vue des visiteurs; elle eut un regard malin pour Hardichaud.

— V'là un homme curieux; est-ce que vous voulez voir mon coq ?

— Non, dit la marquise en s'avançant, très affable; ce que nous voulons voir, c'est vous, la femme courageuse qui êtes restée seule ici pendant l'invasion.

— J'avais le cœur arraché, je ne craignais plus rien. Si vous voulez vous asseoir, madame et la compagnie; j'ai deux bancelles que je vas quérir.

Pauline de Val d'Ombre accepta l'offre, ses jambes

flageolaient. Roc-Marie, très ému, s'était appuyé au noyer. Renaud, le sang aux joues, suivait la vieille pour l'aider à porter les sièges rustiques. Hardichaud, discret, s'éloignait dans le jardin.

L'Ardennaise plaça ses banquettes sous l'arbre et tous purent y prendre place.

— Ma digne compatriote, dit la Marquise, ne me jugez pas indiscrète ; je suis une pauvre mère qui cherche les traces de ses enfants. Vous me comprenez puisque vous avez perdu les vôtres.

— Sûr que je vous comprends. Je voudrais bien vous aider... Seulement, depuis si longtemps ; pourquoi avez-vous attendu ?...

— J'ai fait faire toutes les recherches possibles... Je n'ai eu le renseignement à votre sujet que par grand hasard. Voulez-vous me permettre de vous poser quelques questions ?

— Allez-y. Ah ! ils sont gravés dans ma cervelle les malheurs de ce temps-là !

— Avez-vous souvenance d'avoir vu, au village, deux jeunes femmes arrivant dans une charrette à âne.

— Non. Les blessés affluaient ; pas de femmes ; il ne s'en est trouvé qu'une sur le gros tonneau.

— Une femme ! Quel tonneau ? Expliquez-vous.

— Ben. Vous voyez, là, en face, un escalier de peu de marches, il descend dans ma cave qui se trouve au-dessous de ma grange qu'on a remontée comme avant les bombes qui l'ont démolie.

— Ah ! Seigneur ! fit Roc-Marie, en prenant la main tremblante de sa mère. Continuez, je vous en supplie.

— Paraît qu'une malheureuse qui fuyait, s'était abritée dans le bâtiment et couchée dans le tas de foin qu'on mettait sur la trappe qui s'ouvrait au-dessus de la cave et par où qu'on descendait les barriques. L'ébranlement formidable des bombes a dérangé la fermeture, le foin est tombé dans la cave et la femme avec, sur le gros tonneau. Elle a resté là, bien longtemps, sans doute évanouie ou sans forces pour bou-

— Longtemps ?... un jour ?... la pauvre enfant !

— Quelques heures. Les ennemis sont entrés dans le pays désert où il n'y avait que moi. J'étais là, sous mon noyer, et je les regardais venir. Il y avait en avant un jeune officier qui n'avait même pas de mousser.

taches. Il vint à moi et me dit en français, qu'il cause comme nous :

— Dites, bonne femme, mes hommes ont soif.

— Il y a de l'eau dans le puits, que j'y dis.

— Et du vin dans la cave. Je vois là-bas un escalier qui m'a l'air de conduire au cellier. Nous allons visiter cela.

En quelques coups de pieds les soldats eurent renversé la porte ; le jeune officier les suivait. Puis il ressortit presque tout de suite, l'air étonné et me demanda :

— Qui est cette femme allongée sur une barrique ?

Je ne comprenais pas ; j'allai voir. En effet, il y avait sur le gros tonneau une créature humaine.

— Blessée ! Morte !

— Point. Elle ne soufflait mot. Elle nous regardait avec des prunelles dilatées comme celles d'un chat la nuit. Elle était enveloppée de ses cheveux qui semblaient d'or dans le rayon du soleil qui entrait par la porte. Ses vêtements étaient salis et déchirés.

— Qu'est-ce que vous faites là ? que j'y dis. Autant parler au tonneau ; elle ne répondait toujours pas.

— C'est une innocente, déclara le jeune Boche.

Il l'emporta jusqu'au grand jour.

— Elle est ravissante, qu'il constata. Prenez-en soin, bonne femme ; tenez voici de l'argent.

Il me tendait des marks. On avait posé la malheureuse sur le banc devant la maison, car elle ne pouvait se tenir debout. Je lui apportai de l'eau, elle but avidement. Comme je ne suis pas très forte, l'officier reprit l'innocente et la porta dans la maison.

Pendant le temps que l'ennemi resta au pays, il venait tous les jours la voir.

— Que disait-elle ?

— Rien. Elle était muette comme une carpe ; elle avalait tout ce que je lui donnais, regardait le ciel, les arbres, avec des yeux dénués de compréhension. Elle restait assise dehors où je la plaçais.

— Elle était folle !

— Elle ne montrait aucun geste de folie, ni aucune parole. Elle marchait avec moi, faisait comme moi ; si je travaillais, elle tendait les mains pour avoir de l'ouvrage. Elle ne commit qu'un seul acte de folie. Il y avait deux mois que je l'avais, lorsqu'un jour je me rendis à la gare ; les ennemis tenaient la voie ferrée. J'allais prendre un paquet pour Lina. Faut vous dire que je l'appelais du nom de ma fille que j'ai perdue à dix-huit ans. C'était une valise emplie de linge envoyée par l'officier boche pour elle. C'était du beau, fallait voir !

Lorsqu'on entendit le bruit du train et que la locomotive apparut, Lina, qui était très calme près de moi, bondit jusqu'à la voie où elle se ficha debout face à la machine qui sifflait. Un employé n'eut que le temps de l'attraper par le bras et de la rejeter rudement sur le quai. Vous pensez s'il bougonnait, cet homme, et tous ceux qui étaient là criaient sur la fille, redevenue impassible, aussi inerte qu'une bûche. Je la grondais ; ça lui faisait autant d'effet qu'à notre chatte. A partir de ce jour-là, elle ne sortit plus du jardin, ce qui lui paraissait aussi indifférent que le reste. Mais une chose m'inquiétait, moi ; les soldats rôdaient à l'entour de nous, ils lançaient des regards éveillés par dessus la haie, ils sifflaient des airs pour se faire remarquer. Elle était si jolie, la mâtine !

Si elle ne voyait rien, les autres la voyaient. Un matin, je le dis à l'officier, il parut inquiet. Il sortit de sa poche un crayon, une carte de visite et la fit clouer sur ma porte avec quelques mots écrits dessus.

Roc-Marie essuyait son front couvert de sueur, il balbutia :

— Quel nom était marqué sur cette carte ?

— Je ne me rappelle guère. C'était un prince ; mais j'ai gardé la carte, je vous la montrerai.

— Après, qu'advint-il ?

— L'officier essayait de lui parler, il avait de bonnes façons bien douces.

— Que lui disait-il ?

— Mademoiselle (il disait un nom que j'ai oublié) est-ce que vous ne voulez pas me reconnaître. Je suis Ulric, votre compagnon de jeu à Genève ; quand je passais mes vacances à la villa des Ours, chez ma tante de Lestrac, et que vous étiez avec votre maman au chalet de Grutli ?...

La marquise, émue au delà de tout, s'écria :

— Plus de doute, c'est Yolaine !

— Yolaine ! juste, c'est le nom que disait l'officier.

Roc-Marie, la poitrine soulevée de gros sanglots, ne pouvait articuler une parole. Renaud venu près de lui tenait sa main brûlante.

— Continuez, supplia Pauline.

— Ben, c'est tout. La pauvre fille répondait toujours

pas. Elle entendait, pour sûr, car lorsque j'y demandais quelque chose, elle allait me le chercher ; elle n'était pas sourde ; muette, je ne le crois pas non plus, car des fois ses lèvres remuaient. Non, elle avait une folie douce, venue par suite peut-être d'une peur.

— Mais enfin, qu'est-elle devenue ?

— Je voudrais le savoir ; je m'attachais à cette gosse abandonnée, perdue, qui n'avait point ses idées.

— Elle est partie de chez vous ?

— Oui. Je vous ai dit que je redoutais des choses ; et comme cela se précisait, qu'un soldat avait sauté la clôture de chez nous, j'ai fermé la petite dans la maison et je suis allée à la Kommandature. Le prince était là. En me voyant, il sortit ; je contai l'aventure.

— Rentrez, qu'il me conseilla ; demain, je l'emmènerai en auto.

— Où ? Je voudrais pas qu'il lui arrive du mal.

— Aucun, soyez tranquille ; je suis un frère pour elle. Je la mènerai près de ma mère qui dirige l'ambulance de la Croix-Rouge à Sedan.

— Alors il l'a emmenée.

— Oui, sans qu'elle me regarde seulement ; je l'ai embrassée, ça lui a fait autant qu'à mon noyer si que je l'embrassais. Je l'ai vue monter dans l'auto. L'officier avait pris sa main, il y mettait ses lèvres, je peux dire comme un frère. Il la suppliait.

— Pourquoi ne voulez-vous pas me reconnaître, votre camarade d'autrefois... Nous allons chez ma mère, une Française comme vous, la sœur de Mme de Lestrac (je crois que c'est comme ça, un nom qui y ressemble au moins). Elle vous recevra, vous soignera ; vous guérirez, ma pauvre enfant.

— Et elle ne répondait toujours pas ? insista Roc-Marie.

— Elle regardait en l'air, ses yeux n'avaient aucun rayon.

— Vous n'avez plus jamais eu de ses nouvelles ?

— Non ; ni de l'officier. J'ai vécu de misère. Quand les Français sont revenus, on m'a rendu mon champ qu'était criblé d'obus.

— Votre pensionnaire n'a rien laissé chez vous, une moindre chose que nous pourrions reconnaître.

Elle n'avait rien qu'une robe en lambeaux et un petit sachet en peau qu'elle gardait à son cou. Une fois, elle l'a ouvert devant moi ; il y avait des beaux bijoux dedans et quelques louis d'or. Elle m'a tendu les louis et a recaché le reste contre son cœur.

— Mais elle n'était pas folle du tout, cela le prouve.

— Tout de même.. Le prince disait qu'elle avait reçu un grand choc qui avait lésé le sens de la parole et de la sensibilité. Vous étonnez pas que j'aie accepté les louis, on n'avait rien pour vivre, à part les provisions que me faisait remettre l'officier. On ne savait seulement pas où acheter le nécessaire.

— Vous n'avez jamais rien su de l'enfant ?

— Quel enfant ? J'en ai pas vu. Vous savez, c'était pas leur jour, aux marmots, dans ces temps-là. Si que vous voulez voir la carte du Prince, faut venir à la maison.

Renaud, sa grand'mère et son oncle se levèrent. Roc-Marie chancelait, il était tellement bouleversé. Les idées se choquaient, en lui, houleuses, inquiétantes...

La digne Ardennaise fit jaillir l'électricité qui éclaira un intérieur modeste, très propre. Elle alla ouvrir une armoire, y prit une cassette en bois rouge de cerisier. Elle la mit sur la table, l'ouvrit.

— Là, ce sont mes reliques, les dernières lettres de mes fils, l'alliance de ma mère, mon cachet de première communion. J'y ai mis la carte de l'Allemand, parce qu'elle marque un grand événement : la guerre. Tenez, madame, vous pouvez voir.

La marquise prit le carton sali qui avait été cloué sur la porte. Elle lut à haute voix : « Prince Auguste Ulric von Rantsen. (Freiburg in Baden). »

Renaud se pencha sur l'épaule de sa grand'mère :

— Il n'était pas méchant, cet ennemi-là.

Roc-Marie suffoquait. Il sortit, commença de marcher seul sur la route, sous la nuit sans étoiles que d'épais nuages voilaient. Sa mère et son neveu le rejoignirent après avoir pris congé de la brave femme qui refusa le billet bleu offert par la marquise.

— Non, avait-elle dit : gardez l'argent, mais si vous retrouvez la pauvre Lina, amenez-la un jour par ici. Je m'y étais attachée, elle était douce, travailleuse, obligeante.

Ils revinrent en silence ; chacun songeait en soi le cœur troublé. Quand Renaud fut couché, Roc-Marie alla trouver sa mère chez elle. A genoux près de son lit, elle priait. Elle se leva :

— Mon enfant, il faut aller jusqu'au bout, notre

chemin est tracé, demain, nous partirons pour Fribourg.

— Oui, nous partirons. Et après...

Leurs âmes communiaient, sans paroles, leur situation était tellement étrange, difficile, en ce jour.

L'élève du séminaire français à Rome songeait :

— Est-ce que le Seigneur ne voudrait plus de moi
pour le service des Autels, est-ce qu'Il me rendrait celle
que j'ai tant aimée. Oh ! comme le Saint Père voyait
dans l'avenir quand il me refusait le sacrement que je
sollicitais.

Toute la nuit, troublé jusqu'à l'âme, Roc-Marie pria
avec toute la force de son cœur.

VII

ENTRE DEUX DEVOIRS

L'auto roulait. Renaud s'était mis près du chauffeur
pour mieux voir la route qui, par Metz, Nancy, Col-
mar, allait les conduire à Freiburg in Baden. L'enfant
seul s'occupait du paysage ; Hardichaud, contre son
habitude, restait silencieux, mécontent d'aller en Allemagne où, jadis, il avait accompli un séjour forcé au
camp des prisonniers en Westphalie. Dans l'intérieur
de la voiture, Mme de Val d'Ombre et son fils échangeaient quelques paroles.

Puis ils retombaient dans le silence ; réellement la
situation de Roc-Marie était paradoxale. Sa tête douloureuse appuyée à la paroi de l'auto, les yeux clos, il
voyait se dérouler en lui le film de sa vie. Il était à l'autel,
près de sa bien-aimée, quinze ans plus tôt. Le bonheur,
l'amour lui souriaient. De quel cœur il recevait le divin
sacrement qui lie deux créatures humaines pour l'éter-
nité. Le tableau disparaissait dans la brume et, de
nouveau, il était agenouillé devant l'autel, souhaitant
de toute son âme, de recevoir le Sacrement, qui le ferait ministre de Dieu : l'Ordre. Il en avait reçu un
avant-goût, en faisant ses études au Séminaire.

Et les visions se succédaient, troublantes, des scènes
de batailles, puis le calme de l'existence à Rome. L'instruction prenante de la religion avec ses preuves, ses
espoirs, sa science, son prestige.

Il ouvrait les yeux, la voiture s'arrêtait: la frontière
Un employé en uniforme demandait les passe-ports
Ils étaient en règle, mais il fallait payer un droit pour
l'auto ; on n'en finissait pas avec le change. Ensuite,
vers Mulheim, le moteur se mit à cogner, puis il s'arrêta. Hardichaud eut beau se plonger dans le capot,
il se releva désolé.

— L'essence n'arrive plus, on m'en a vendu de si
mauvaise ! il faut réviser le mécanisme, j'ai peur que
ce soit long ; et puis, ces sauvages qui ne comprennent
pas un mot de ce qu'on leur dit.

— Grand'mère, s'écria Renaud, voilà une gare là-
bas, prenons le train jusqu'à Fribourg, le chauffeur se
débrouillera et viendra nous y rejoindre.

— Oui, l'idée est bonne, accepta la marquise ; finis-
sons-en avec cette angoisse qui nous étreint. Ecoutez,
Hardichaud, la route est directe, vous irez nous attendre à Victoria-Hôtel, avenue de la Gare ; vous mettrez
la voiture au garage.

— Nom d'une bagnole, quelle tuile !

Les trois Val d'Ombre gagnèrent la station très voisine en quelques minutes.

Roc-Marie parlait un peu l'allemand ; il put prendre des billets pour Freiburg, un train se rendant à
Heidelberg allait passer dans un moment. Renaud s'intéressait à toutes les choses nouvelles, il fredonnait le
Rhin Allemand :

    « Nous l'avons eu le Rhin allemand,
    « Il a tenu dans notre verre..., etc... ».

Il ne comprenait qu'à demi le terrible souci de son
oncle et il trouvait amusant ce voyage plein d'im-
prévu. Le Rhin, le Rhin « qui attire » coulait là, ma-
jestueux et pressé.

Ils entrèrent en gare de Fribourg sur le coup de quatorze heures. Comme ils étaient sans bagages, ils filè-
rent à pied dans la grande avenue jusqu'à l'hôtel. Un
chasseur, à l'entrée du vaste hall guettait les voyageurs. Il sut les deviner Français, car il leur dit sans
hésiter :

— Ces messieurs et madame, désirent loger. Qu'ils
veulent bien se hâter, on se met à table pour le dîner.
L'omnibus, sans doute, amène leurs bagages.

— Non, dit la marquise, notre chauffeur va arriver
avec l'auto. Je vous prie de lui indiquer le garage, de
lui donner à dîner et une chambre.

— Et pour madame un appartement ?

— Seulement une chambre pour moi et une à deux lits pour mes fils.

— Madame veut-elle bien signer le registre en entrant, c'est l'usage.

Ils s'arrêtaient devant le bureau situé au fond du hall, sur lequel ouvrait la grande et belle salle à manger de haut luxe avec ses petites tables fleuries.

Roc-Marie avait pris la plume. Pendant que sa mère enlevait son manteau, il écrivait les réponses au questionnaire imprimé.

Un maître d'hôtel, d'une correction parfaite, les précédait vers une table à trois couverts. La nature parle ; malgré leurs préoccupations, les voyageurs éprouvaient le désir de se restaurer. Presque toutes les places étaient prises ; on voyait beaucoup d'officiers en uniforme, des dames décolletées, étincelantes de bijoux, bien qu'il fût à peine quinze heures. Mais la mode actuelle le veut ainsi. On parlait à demi-voix, la tenue était parfaite dans cette maison de premier ordre. Les valets qui servaient de types variés, avaient pour mission de s'occuper chacun de leurs compatriotes.

— Comme c'est curieux, remarqua l'enfant, je vois ici des Anglais, à la table voisine des Turcs, en face des gens évidemment du Nord, Suédois, Danois...

La table où étaient placés les Val d'Ombre supportait des raviers de pruneaux au vinaigre, de charlotte de pomme, de beurre, de caviars. On leur servit un potage aux crêpes, un vol-au-vent de poissons du Rhin, du filet de bœuf rôti aux pommes de terre, une tarte aux abricots et des confitures de myrtilles. Pour boisson de la bière et à leur choix du vin du Rhin ou autre.

Ils étaient distraits par l'ambiance. Après le repas, la marquise alla visiter les chambres et elles lui parurent très bien. Tout était propre, même luxueux. Pendant ce temps, Roc-Marie interrogeait le concierge de l'hôtel :

— Connaissez-vous le prince Ulric de Rantzen ?

— Très bien, monsieur ; il vient souvent au café. Il y était encore hier.

— Vous ne l'apercevrez pas, aujourd'hui ?

— Non. Il a dû partir en voyage ; il y avait une malle sur son auto quand il est passé ici hier.

— Vous connaissez sa mère ?

— Toute la ville connaît la princesse Marguerite de Rantzen.

— Ah ! et pourquoi ?

— Elle fait tant de bien.

— Elle est charitable ?

— Monsieur n'est pas du pays, sans quoi il saurait ce qu'est le « Rosen Schloss ».

— Le « Rosen Schloss », le château des roses ?

— C'est cela, monsieur ; un paradis situé près de la Souaben-Thor, dans l'Himmel-Thal.

— Je désirerais m'y rendre. Est-ce loin d'ici ?

— Nullement loin. Il faut monter la Kaiser Strass, franchir la porte de Souabe et on est tout de suite dans l'Himmel Thal, à l'entrée du défilé qui mène en Souabe. Le Rosen Schloss est situé au bord de la Dreisam. Son parc, empli de roses, à huit hectares.

— Huit hectares de roses !

— Sûrement, monsieur. La princesse de Rantzen en distille le parfum. Ce sont ses « orphelines » qui cultivent et cueillent les fleurs.

— Elle élève des orphelines ?

— Sans doute ; monsieur ne sait rien de cette belle œuvre.

— Rien. Je suis étranger. Voulez-vous bien me renseigner, ayant affaire à Mme de Rantzen, j'aimerais en savoir davantage.

— Je le dis avec plaisir. Après la guerre, Mme la Princesse a récupéré son fils et, en reconnaissance à Dieu, de le voir revenir sauf, elle rassembla autour d'ici cinquante jeunes filles pauvres dont les pères avaient été tués. Elle les a installées dans son château et a entrepris avec elles le commerce des parfums. Elle les habille, les loge, les nourrit, elle les traite comme ses enfants, beaucoup se sont mariées, dotées par leur bienfaitrice, et je crois qu'il n'en reste guère qu'une douzaine à présent. Si monsieur va au château, il pourra les voir, toujours vêtues de blanc et rose, elles sont, par le beau temps, dans le parc. Tous les dimanches, elles vont se promener après la messe qu'elles entendent à la cathédrale. Madame, qu'elles nomment Marraine, les conduit au concert, au cinéma, elles ont des tennis, une bibliothèque, des jeux variés. Leur séjour est bien nommé l'Himmel Thal (vallée du Paradis).

Mme de Val d'Ombre avait entendu la fin des explications du Badois. Réellement, leur voyage était providentiel. Si Yolaine avait vécu là, elle avait au moins matériellement été heureuse dans la mesure où

ses facultés pouvaient le concevoir. Hélas ! elle ne les
avait évidemment pas reconquises, si elle vivait. Au-
trement, elle se fût occupée de retrouver sa famille
et son pays.

VIII

LE ROSEN-SCHLOSS

La longue et large artère qui traverse la ville de
Fribourg, la Kaiser Strasse, est ornée de beaux magasins, des ruisseaux d'eau courante, en forme de petits
canaux, la bordent de chaque côté. C'est la rue com-
merçante où circulent sans cesse des passants badois
et étrangers. A gauche, en montant, on aperçoit au
bout d'une courte percée, la cathédrale, cette merveille d'art, réplique de celle de Strasbourg, due au
même architecte.

— Si notre première visite ici, proposa Roc-Marie,
était pour le bon Dieu ?

— Tu as raison, mon fils ; allons demander les grâces nécessaires à notre état actuel, l'inspiration de
nos actes et le succès de nos espérances.

— Dans ma situation, mère, où placer mon espoir ?

— Dans l'accomplissement de la volonté divine.
Elle te sera manifestée, sois-en sûr. Rappelles-toi la
prière que nous disions à Rome ! « Mon Dieu, faites
que je fasse et que je veuille ce que vous voulez. Faites-moi comprendre mon devoir et aller par le chemin
où il est. J'ai la Foi, donnez-moi la grâce ».

L'immense nef était presque déserte, sombre malgré
la lumière d'été, les superbes vitraux, uniques au
monde, puisque le secret de leur mosaïque, entièrement colorée, est perdu, nuançaient en les tamisant
les rayons du soleil, les autels, les colonnes, les
stalles. Renaud alla se placer juste devant la statue de
Rodolf de Zoeringen, le fondateur de la ville, vivement
frappée en rouge, l'instant d'après en bleu, puis en violet,
etc... selon le déplacement céleste des rayons. Sauf

l'enfant qui examinait les beautés du lieu consacré à la prière, où, depuis des siècles les fidèles viennent demander le réconfort, les Val d'Ombre, la tête cachée dans leurs mains, écoutaient parler en leur conscience la voix mystérieuse de l'au-delà.

Ils étaient si absorbés dans leur méditation qu'il fallut le rappel de Renaud pour les décider à continuer leur voyage. Mais ils sortirent rassérénés. En effet, à quoi bon se tourmenter ainsi, puisque toujours leurs intentions avaient été pures et chrétiennes. Que de fois, la créature humaine s'épouvante des lendemains alors que la foi confiante au Père qui l'aime devrait lui enlever le souci de l'attente. Ils traversaient la place; des Badoises aux tresses blondes pendantes, aux bras nus, avaient de petits éventaires de choses pieuses. De l'évêché, situé à droite de l'église, des prêtres sortaient en habit sacerdotaux; selon la coutume, ils se rendaient ainsi au Chœur pour l'office du chapitre.

Nos Français regagnèrent la Kaiser Strasse. Le soleil baissait; ils durent hâter le pas. La Souaben-Thor franchie, ils furent hors de la ville.

— C'est par ce chemin, dit Roc-Marie, que la reine Marie-Antoinette vint en France ; elle dut traverser cette vallée où coule la Dreisman et qui, au delà de l'Himmel-Thal, devient si sombre, entre les sapins et les rochers, qu'on l'a nommée l'Hoelen-Thal (vallée de l'enfer).

— Notre but est facile à trouver, reprit la marquise; au bord de ce chemin, ce ne sont que fleurs champêtres, les grands arbres, là-bas, doivent marquer l'avenue du château.

— Sûrement, grand'mère; voyez-le donc, à mi-hauteur de la colline, des tours grises; au-dessus de l'une d'elles un campanile. Juste, voilà la cloche qui sonne. Un joli carillon; écoutez, on dirait les premières mesures de l'« Adeste Fideles ». Et maintenant l'heure sonne cinq coups.

Une barrière s'ouvrait sur le chemin, coupant le parc en biais; c'était évidemment un sentier destiné aux piétons pour leur éviter le tour par l'avenue.

— Prenons le plus court, décida Roc-Marie; nous allons traverser le quartier des roses.

Au bout de l'étroite voie se dressait le vaste bâtiment auquel on accédait par un ancien pont-levis qui ne se relevait plus, pour entrer dans la cour d'honneur. Les tours rondes, à poivrières, plongeaient leur base dans les douves alimentées par l'un des ruisseaux qui ont formé la Dreisam (ces ruisseaux aux nombre de trois ont formé la Drei-Suzammen, les trois ensemble) dont l'usage a fait la Dreisam. La cour d'honneur d'un hectare est environnée à l'est par les appartements particuliers de la princesse, au sud par les salles de réception, au nord par les logements des pensionnaires et les pièces destinées au travail, à l'ouest les cuisines, offices, réfectoires.

Les garages, remises, granges sont à l'extérieur, hors les murs. Cette partie-là est moderne, tandis que l'architecture du château marque le XII° siècle. A l'entrée du pont-levis, une chaîne pend, actionnant une cloche. Renaud la tira; un son prolongé par l'écho vibra, un valet en livrée blanche, au col brodé de roses, parut sous la voûte.

— Mme la princesse est-elle visible ?

— Ya, mein herr; vollen sie erein.

Les trois Français franchirent le pont. La Marquise tendit sa carte sur laquelle elle avait ajouté au crayon « avec ses deux fils ». On les fit entrer dans un salon meublé de très belles vieilles choses, avec d'antiques portraits suspendus au mur gris comme s'il était de granit. De loin, du fond d'une galerie, ils virent venir à eux une véritable apparition. C'était une femme grande, bien proportionnée, vêtue d'une robe assez courte en linon blanc entièrement brodé de roses. Elle avait au cou un collier de perles et dans ses abondants cheveux blonds était piquée une rose thé. Ses pieds menus, gantés de soie blanche, disparaissaient dans des souliers de peau blanche frappée d'une rose. A mesure qu'elle approchait, ses visiteurs distinguaient un visage également blanc et rose avec des yeux superbes, profonds et doux. Bien qu'elle fut grand'mère, elle avait l'aspect d'une femme de trente-cinq ans.

— Madame, dit la marquise, veuillez nous excuser de nous présenter ainsi sans être annoncés. Ce qui nous amène est si important !

— Je suis tout à vous, madame, si je peux, en quoi que ce soit, vous être utile. Veuillez vous asseoir.

Elle montrait des sièges et parlait français sans le moindre accent.

— Madame, reprit Pauline de Val d'Ombre, vous avez un fils qui a pris part à la guerre... pardon d'évoquer un souvenir, pénible pour vous et moi, mais le cas qui nous amène m'y force.

— Parlez sans crainte, madame, mon fils a débuté par un très court service dans l'est de la France ; il a demandé ensuite à servir sur la frontière russe, se battre contre un pays dont je suis originaire lui répugnait.

— Ah ! madame, s'écria Renaud, que je suis heureux de vous entendre parler ainsi.

La princesse sourit à l'enfant enthousiaste. Son regard s'arrêta sur lui avec un visible intérêt, elle reprit :

— Vous avez, mon enfant, une grande ressemblance avec quelqu'un qui m'intéresse beaucoup. Votre visite aurait-elle rapport à ce détail ?

— Sûrement, madame, ajouta la marquise. Le prince Ulric de Rantzen, en août 1914, était aux alentours de Sedan.

— Oui. Il y demeura juste deux mois, puis il revint me trouver à l'ambulance que j'avais organisée à la frontière.

Les yeux de Roc-Marie étaient si ardemment fixés sur la princesse que celle-ci s'arrêta. Elle comprit un drame d'âme et acheva très doucement :

— Ulric m'amenait une jeune Française ; il voulait la placer sous ma protection avant d'aller prendre son nouveau poste en Pologne.

— Et, balbutia la marquise, elle vit...

— Oui, et elle se porte fort bien, du moins physiquement.

— Quoi ? Que voulez-vous dire ?

— Que cette jolie créature a dû subir un violent choc cérébral.

— Elle a perdu la raison...

— Pas précisément. Elle semble enfermée dans un mystère intime elle vit en elle, ne s'extériorise jamais, ne laisse percer dans sa physionomie, aucune émotion intérieure. Ni joie ni douleur, je ne l'ai pas vue rire ni pleurer, ni parler.

— Depuis tant d'années !

— Quatorze ans. J'ai cru d'abord que cette attitude était volontaire ; puis j'ai douté d'une telle persévérance. J'ai usé de tous les moyens, mêmes barbares, pour amener chez elle un signe de sensibilité. Je me suis heurtée à une statue.

— Alors, Madame, vous ignorez son nom.

— Mon fils, en me la confiant, me l'a dit. Il avait reconnu cette infortunée pour une petite amie d'enfance avec laquelle il jouait au bord du Léman, pendant ses séjours chez ma sœur, la comtesse de Lestrac.

— Oh ! murmura Roc-Marie, dont les lèvres tremblaient, ce nom c'était...

— Yolaine de Marnef.

— Oh ! mon Dieu !

Il était sur le point de perdre connaissance ; mais à force de volonté il parvint à se dominer. Mme de Val d'Ombre s'approcha de la princesse :

— Madame, votre bonté m'engage à vous dire notre étrange situation. Yolaine de Marnef est ma belle-fille ; nous l'avons crue morte.

— J'ai fait, de mon côté, bien des recherches et voici à quoi je suis arrivée. Pendant la guerre, je ne pouvais rien tenter ; mais au lendemain de l'armistice, j'écrivis à ma sœur, qui habitait Genève à cette époque, de s'informer de Mme de Marnef et de sa fille. Elle me répondit que les deux dames étaient parties pour Rome en août 1918, qu'une catastrophe terrible du chemin de fer de Turin avait détruit tous les voyageurs dont elles étaient. Je me demandai alors si mon fils n'avait pas été abusé par une ressemblance et je gardai cette infortunée avec les orphelines de la guerre. Quand j'ai, à plusieurs reprises, prononcé ce nom devant elle, je n'ai obtenu, pas plus que dans les autres cas, aucun signe de compréhension.

— Vous n'avez jamais entendu parler d'un enfant ?

— Non. Ulric avait trouvé cette pauvre créature dans une cave, à demi-morte de peur, peut-être ; il l'avait confiée à une brave femme.

— Je sais. Pourriez-vous, madame, nous la présenter.

— Certainement. Mais pas avant l'heure du souper.

— A quelle heure ?

— Vingt heures. Elle est allée avec ses compagnes au Hirsh-Sprung ; elles ont emporté leur goûter : c'est le congé du mois.

— Vous accomplissez, madame, une bonne action envers ces infortunées.

— J'ai essayé de faire un peu de bien ; j'étais seule, veuve, mon fils s'est marié peu après la guerre. Rester isolée dans ce grand château n'offrait aucun attrait, sans but d'existence, sans raison de vivre,

— Mais il ne semble pas triste, le château.

— Maintenant qu'il est très animé et qu'il y a des roses. Mais avant, enfoui au milieu des arbres, en ce parc où même les sangliers passaient, où chantaient les chouettes la nuit, c'était lugubre. Lors d'un voyage en Bulgarie, j'avais admiré la culture des roses ; j'ai fait venir des plans, j'ai fait défricher quelques hectares, mes cultures ont réussi à merveille. J'avais trouvé une jolie occupation pour mes jeunes filles, en même temps productive. Celles qui se sont mariées ont eu une dot, celles qui restent amassent une petite fortune pour leur vieillesse. Voulez-vous visiter la maison, puisque vous êtes forcés d'attendre.

— Madame, nous ne voulons pas abuser de vos moments ; nous allons nous retirer et revenir seulement demain.

La princesse vit les pauvres visages anxieux... elle dit avec bonté :

— Non restez ; dès ce soir vous verrez Yolaine, peut-être, d'abord, sans qu'elle vous aperçoive, car il faut encore prévoir une erreur possible.

— Madame, avez-vous de son écriture ? fit Roc-Marie.

— Aucune ligne. Elle n'écrit pas plus qu'elle ne parle. Je crois qu'elle lit quelquefois, j'ai mis dans sa chambre des livres français ; il m'a semblé qu'elle les avait feuilletés.

— Mais à quoi emploie-t-elle ses jours ?

— Comme ses compagnes ; voici le règlement. Elle désignait un tableau affiché dans le hall d'entrée. Renaud s'approcha, lut à haute voix, pendant que la maîtresse de maison, ses yeux profonds fixés alternativement sur ses visiteurs, devinait leur angoisse. « Lever : du 1er juin au 15 juillet à trois heures pour la cueillette avant le lever du soleil. A quatre heures : déjeuner, repos jusqu'à dix heures. Triage des roses jusqu'à midi. Diner, jeux, lecture, liberté. Trois heures : classe ou travail de couture, au choix, selon les goûts et l'âge des pensionnaires. Dix-sept heures : goûter. Retour au parc, nettoyage des rosiers, émondage ; en août, écussonnage. Vingt heures, souper. On sonne le coucher à vingt-deux heures, c'est le couvre-feu.

En hiver, on se lève à sept heures. Par beau temps, on va tailler les rosiers ; une partie des pensionnaires se rendent à Fribourg, chez notre distillateur qui les emploie à mettre l'essence en flacons, à préparer les étiquettes et les emballages.

— Yolaine, intervint Roc-Marie, accomplit toutes ces besognes ?

— Pas complètement. Elle ne va pas à Fribourg à la fabrique de parfum ; elle semble se plaire à broder des roses sur les étoffes dont sont composés nos costumes. Elle montre infiniment d'adresse, elle a le sens du coloris ; je peux dire qu'elle est une véritable artiste.

— Et elle n'indique aucun plaisir quand elle a créé de jolies choses ?

— Elle reste indéchiffrable. Elle n'a témoigné qu'une seule fois une initiative et c'était dans une telle circonstance...

— Quelle circonstance ?

— Je l'avais emmenée à Fribourg, j'essayais de tout pour animer cette statue ; je la conduisais aux offices si beaux de la cathédrale ; elle s'y tenait comme tout le monde, mais ne remplissait aucun devoir chrétien.

— Elle ne faisait pas ses Pâques ?

— Non. Comme elle entend fort bien, je lui reprochai son indifférence religieuse ; mais je n'eus aucun succès. La force d'inertie annihilait toutes mes tentatives. Je la menais aussi au cinéma, au théâtre, autant mener un automate de Vaucanson. Enfin, revenons au signe unique dont elle m'épouvanta.

Ce jour, donc, j'allais à la gare chercher mon fils. J'étais passée sur le quai d'arrivée suivie de ma pensionnaire. Quand elle aperçut la locomotive entrant à grand bruit sous la voûte, elle fit un bond prodigieux et se jeta sur les rails, en contre-bas du quai. Elle avait crié : « Maman ! je viens ».

Heureusement le train s'arrêta juste à temps pour ne pas l'écraser. Un tumulte s'était produit autour de nous. J'étais incapable de faire un pas ; on rapporta Yolaine évanouie ; sans doute d'émotion, car la machine l'avait seulement effleurée.

— Hélas ! madame, voici une nouvelle preuve qu'il s'agit bien de Yolaine. Son idée fixe est de se faire tuer par un train ; sa mère est morte dans un accident de chemin de fer. Cette terrible catastrophe a influé sur sa mentalité, que la dernière tragédie de son existence a achevé de troubler.

— Vous pensez bien que je n'eus jamais l'idée de

la ramener à la gare. Dans notre vallée, il n'y a aucune voie ferrée. Mais je lui fis une sérieuse semonce et notre docteur, auquel je racontai l'aventure, me dit : « Elle peut parler, puisqu'elle a dit : « Maman, je viens ». Il faut la forcer à parler ». C'est alors que nous fûmes barbares. On la laissa sans manger, après l'avoir prévenue qu'elle serait servie aussitôt qu'elle le demanderait.

— Pauvre enfant !

— Oui, pauvre enfant ; elle me fit tellement pitié après être restée vingt-quatre heures sans boire ni manger que je cédai et on lui rendit la liberté. On donnait, à Fribourg, un film terrifiant : scènes d'incendie, de meurtre, de sang. Je m'imposai l'horreur de cette vue pour l'y mener. Hé bien, ce fut inouï : elle se tint constamment les yeux fermés.

— Quelle force de volonté ! Et sa santé physique ?

— Est parfaite. Elle n'a jamais un rhume, elle est robuste, porte les sacs de roses, ne paraît jamais fatiguée. Elle mange normalement ce qu'on sert, sans témoigner ni plaisir ni dégoût. J'ai consulté bien des savants aliénistes, tous m'ont dit :

— Cet état peut céder à une autre violente impression ; il ne doit pas y avoir de lésion cérébrale ; c'est comme un ressort qui serait grippé et peut d'un coup se détendre.

Tout en parlant, ils étaient entrés dans la salle à manger où se dressait une massive et longue table de chêne ; des dressoirs antiques supportaient des plats et brocs d'étain, des pyramides de fruits dans des corbeilles et des compotiers emplis de pâtisseries.

— Veuillez accepter une petite collation, offrit la princesse. Ces lekerley sont faits avec le miel de nos abeilles et ces abricots ont mûri dans le verger.

Renaud, seul, prit une pêche, il osa :

— Puisque vous voulez bien nous garder jusqu'au soir, madame, seriez-vous assez bonne pour m'expliquer une phrase dite par vous : « Je suis d'origine française ». Suis-je indiscret en vous priant d'être plus claire.

— Nullement, monsieur. Seulement c'est une histoire que vous me demandez.

— Tant mieux, nous avons le temps de l'écouter. Je vous supplie de nous la dire, insista Roc-Marie, puisque le prince Ulric a été pour notre Yolaine l'envoyé providentiel, il nous serait agréable de vous connaître davantage.

— Je parlerai d'autant plus volontiers qu'il est bon parfois, de se remémorer le passé, de tourner à rebours les pages du livre de vie. Il ne faut pas l'oublier, il y a des germes que l'on a vu éclore, des actes dont la portée ne peut être comprise que plus tard. Regarder en arrière est utile pour se juger, aussi pour déterminer les résolutions présentes. Nous avons devant nous plus d'une demi-heure ; le soleil est à mi-côte de la colline, quand il n'éclairera plus que le sommet, mes pensionnaires seront près de rentrer et mon... roman sera fini. Allons nous asseoir sous les chèvrefeuilles, dans le parterre, nous y serons aussi tranquilles que dans une île déserte.

IX

L'HISTOIRE DE LA PRINCESSE

— Mon père, commença Mme de Rantzen, le vicomte Raoul de Saint-Saulve s'est marié par amour avec Marguerite d'Héristal. Il avait une grande fortune, elle rien. Orpheline, une tante, supérieure du couvent de l'Assomption, l'élevait avec tendresse ; elle sortait souvent chez son amie Elisabeth de Saint-Saulve, dont le frère lui inspira un sentiment profond et partagé ; ils se marièrent. Le vicomte était un savant, un explorateur, il disait que puisque, dans le vaste univers, nous habitons la petite terre, il faut au moins la connaître. Cette théorie, mise en pratique, lui fit acheter au lieu d'une maison pour abriter son jeune ménage, un yacht parfaitement aménagé, arrimé pour les grandes traversées en mer aussi bien que pour les eaux douces. Leur première année d'union fut idéale. Ils n'avaient qu'un cœur, le comble de leur bonheur allait être la venue d'un enfant. Ils avaient fait un séjour exquis aux Iles Borromées ; ensuite ils iraient à Naples où ma mère avait un grand-oncle et une grande-tante : le comte et la comtesse de San Rosore, auxquels mes parents comptaient demander d'être parrain et marraine du bébé attendu. C'était un charmant vieux couple de soixante et soixante-dix ans. Ils n'avaient jamais eu d'enfant et se réjouissaient de posséder un filleul. Bien qu'âgés, ils étaient restés élégants et parfaits mondains, conservés presque jeunes par les soins de l'art et d'une bonté exquise qui, excluant de leur pensée toute intention méchante, les gardait des vilaines rides.

Le 1er octobre, en pleine mer Tyrrhénéenne, à bord du « San Salvator », ma mère mit au monde deux filles jumelles. Nous fûmes reçues avec de grandes effusions de tendresse, dont l'écho se trouva à Naples dans le palais de nos parents. Nous fûmes baptisées avec de l'eau de mer par l'évêque en l'église de San Genaro et nous reçûmes toutes les deux le nom de Rosalia la Sainte en si grande vénération à Naples. L'une devint Rosa, l'autre Lia. Naturellement, notre mère était restée à bord, on nous y ramena, accompagnées d'Eurydice, une jeune Grecque, notre gouvernante et d'Alma, notre bonne, une Napolitaine. Mon père fit aussitôt lever l'ancre pour nous rendre à Palerne où nous devions demeurer l'hiver. En traversant le golfe, aux alentours de Charybde et Scylla, il se passa une scène désespérante : Nous étions placées toutes les deux sur le lit de notre mère qui nous contemplait avec amour. Notre père, agenouillé devant nous, tenait ses bras passés autour de notre mère et de nous. Alma, qui m'a conté ces détails, était tout émue de ce tableau familial. Soudain, notre tendre maman se laissa tomber sur ses oreillers, son souffle s'éteignit ; une embolie venait d'arrêter les battements de son cœur. Mon père ne comprit pas, tout d'abord ; mais quand il aperçut son malheur, ce fut terrible. Le désespoir le rendait fou ; il nous repoussa brutalement, nous accusant d'être la cause de la mort de sa bien-aimée. Il ne voulait plus nous voir et ce furent les deux servantes qui, ne sachant que faire, donnèrent l'ordre au capitaine du « San Salvator » de nous reconduire à Naples. Effrayées de l'état de mon père qui nous aurait brisées, elles se hâtèrent de débarquer en nous emportant chez notre tante de San Rosore. Là, nous fûmes accueillies à cœur et bras ouverts, non sans larmes, hélas ! Ces deux vieillards furent pour nous comme un père et une mère très tendres. Le comte Paolo de San Rosore voulut aller voir à bord s'il était possible de raisonner mon père, mais le yacht avait disparu : il sut dans le port qu'il avait gagné le large.

Nous ne le revîmes jamais ; cinq ou six mois plus tard, on connut que le « San Salvator » s'était perdu corps et biens dans les parages de l'Amazone. Mon parrain régla, quand ce fut possible, les affaires d'intérêt. Nous vivions — les deux Rosalia — si heureuses ! Nous étions pareilles de visage et d'esprit. Ma marraine avait fait venir une institutrice française, Yvonne Lehalleur, pour que nous soyions instruites et élevées selon les principes français qu'elle savait être les plus distingués de l'Europe.

Notre parrain, un érudit, un savant, l'être le plus exquis qu'on puisse rêver, nous apprenait infiniment de choses, je n'ai jamais rencontré personne ayant une conversation plus variée et plus spirituelle. Notre famille était, vous le voyez, des plus cosmopolites ; nous allâmes à Rome pour passer l'année de notre première communion ; puis, très influencés par notre institutrice, nos parents bien-aimés résolurent d'aller vivre le printemps à Paris. Vous dire comme j'ai aimé Paris ! ne saurait vous surprendre. Nous y suivions des cours de littérature, d'art, de musique. Nous allâmes l'hiver au Caire. Au printemps suivant, sur l'avis des docteurs qui ordonnaient à notre parrain une cure aux eaux de Carlsbad, nous partîmes pour le duché de Bade. Notre tendre parrain avait alors quatre-vingt-cinq ans, nous quinze. Notre foyer, qui se reconstituait partout où nous allions dans la même délicieuse intimité, était un véritable centre intellectuel. Mes parents avaient partout des relations et nous étions reçus dans la meilleure société. La cure balnéaire achevée, nous allâmes à Bade, ville gaie par excellence ; la cour du Grand-Duc, était fréquentée par une élite cosmopolite. La grande-duchesse Louise vénérait le comte de San Rosore. Nous étions, ma sœur et moi, de toutes les fêtes. Ce fut là que nous connûmes ceux que nous devions épouser. Moi, le prince de Rantzen, ma sœur, le Génevois Guillaume de Lestrac. Un grand chagrin nous courba, marraine et nous, sous une ombre noire ; notre parrain s'éteignit sans souffrance, sans déchéance. Un matin il ne se leva plus parce que son cœur était fatigué de battre ; il avait quatre-vingt-six ans ; nous seize. Notre deuil nous était tout désir de fête ; notre chère institutrice en profita pour nous promener dans ce ravissant pays ; nous apprîmes la botanique dans les bois. Nous aimions cette vie que souvent partageait notre marraine, conduisant elle même le poney attelé à son petit tonneau, tandis que nous étions à cheval, suivies d'un groom. Nous arrivâmes ainsi à notre dix-septième année. C'est à ce moment que notre bien-aimée marraine, atteinte d'une bronchite et forcée de garder la chambre, se prit à réfléchir. Dès qu'elle fut remise, elle nous fit venir près d'elle, dans son boudoir, où étaient ses livres de chevet, le portrait de son mari, ses papiers de famille et la fidèle Snow, chatte blanche qui ne la quittait pas et à laquelle nous devions le respect, car elle avait sur nous la priorité de l'âge.

— Mes chéries, nous dit la tendre marraine, vous savez à quel point ma pensée est occupée de vous, comme je désire votre bonheur.

— Vous l'avez réalisé, marraine, dîmes-nous avec l'ensemble d'une si profonde vérité.

— Oui mes petites filles, mais les années qui me restent ne sont plus bien longues. J'ai soixante-dix-huit ans.

— Marraine, c'est une coquetterie de le dire ; nul ne le croira, alerte, souple et jolie comme vous l'êtes.

— Silence. Dieu m'a gardée solide sans doute parce que j'étais utile ; mais voici le moment où je vais cesser de l'être. Vous êtes en âge de vous marier.

— Oh ! marraine chérie, nous sommes heureuses ainsi !

— Mes enfants, songez que tout avancement dans le temps amène des devoirs. Vous êtes appelées à tenir votre place dans la société, à créer une famille et mon devoir, à moi, est de m'en occuper avant d'aller rendre mes comptes là-haut.

— Marraine, pourquoi nous attrister ?

— Vous attrister en vous occupant d'un acte qui fait sourire toutes les jeunes filles ! Allons, mignonnes, chassez les papillons noirs ; il y en a autour de vous couleur d'azur. Vous avez remarqué parmi les jeunes cavaliers reçus ici, rencontrés dans le monde, à la cour, bien des jeunes gens. Quelques-uns vous ont-ils plu ? Répondez, mes enfants, avec votre habituelle loyauté.

— Nous nous sommes entretenues avec Rosa, dit Lia, de Guillaume de Lestrac et de Conrad de Rantzen. Ces deux-là ne nous semblent pas seulement être de bons danseurs, ils doivent avoir des idées plus hautes. On ne parle pas toujours avec eux de futilités.

— Ils se sont ouverts de leurs intentions à la gran-

de duchesse qui m'a écrit pour me demander les miennes. Ecoutez la lettre qu'elle m'envoie ce matin :

« Ma bien chère amie, vous savez avec quel plaisir
je vous verrai aussitôt que votre état de santé le per-
mettra. En attendant, écoutez ceci et dites-moi, par un
mot, si vous acceptez de venir dîner au palais samedi
à huit heures avec vos filleules ; j'aurai les deux can-
didats à leurs mains dont voici les noms : Konrad
de Rantzen et Guillaume de Lestrac. Comme famille,
fortune et, je crois, comme qualités sérieuses, ils sont
dignes d'attention. Imaginez la curieuse révélation que
les deux amis m'ont faite ; elle est vraiment paradoxale : « Nous aimons les deux sœurs, mais nous
ne pouvons les distinguer ; elles s'amusent d'ailleurs
à se confondre ; alors si Votre Altesse Royale voulait
bien leur dire de choisir elles-mêmes celui de nous
deux que chacune préfère... ».

« Voilà, chère amie ; décidez et croyez-moi toujours
votre bien affectionnée

                              « LOUISE ».

— Ah ! marraine, c'est tout à fait comique. Il n'y
a qu'à tirer à pile ou face. Le plus triste est de
nous séparer, ne pourrions-nous pas trouver deux frères jumeaux ?

— C'est douteux. Votre séparation sera souvent rom-
pue par des séjours les uns chez les autres. Konrad
habite son château de Freiburg et Guillaume une très
belle villa au bord du lac de Genève. Arrangez-vous
ensemble, mes petites filles ; je réponds, n'est-ce pas,
à Son Altesse que nous acceptons.

Nous embrassâmes la bien-aimée marraine ensemble, chacune notre joue. Combien de fois depuis nos
deux maris pressèrent-ils en même temps sur leurs
lèvres chacun une de ses mains.

Lia et moi jetâmes en l'air un louis : face pour
Konrad, pile pour Guillaume. Konrad m'échut et jamais ma sœur ni moi n'eûmes à regretter notre choix.
J'eus plus de chance qu'elle en ce que j'eus mon Ulric. Lisa n'eut pas d'enfants. Toute son affection se
reporta sur son neveu ; tous les ans il allait passer
un mois aux vacances chez sa tante à Genève ; c'est

là qu'il connut Yolaine. Mon mari fut nommé secrétaire à l'ambassade d'Allemagne à Paris que nous allâmes habiter à ma grande joie. Mon fils suivit les cours du lycée Janson de Sailly ; un abbé lui tint lieu de précepteur. Il fut reçu bachelier à quinze ans en France. Après, son père jugea bon de l'envoyer à une école militaire à Berlin ; son éducation en faisait par trop un Français. J'eus la douleur de perdre mon mari lors de l'épidémie d'influenza. Je rentrai à Fribourg, où le coup terrible de 1914 me trouva. Ulric avait vingt ans ; il était lieutenant de hussard ; il fut envoyé à la frontière de France. Et suivez bien, madame de Val-d'Ombre, l'action divine si visible en cette circonstance... Ulric prend part à l'invasion des Ardennes ; il sauve Yolaine ; me la remet à l'ambulance de Sedan. Puis, ne pouvant supporter l'idée de se trouver en face d'amis de collège, de camarades français, en ennemi, il sollicite et obtient d'aller se battre à la frontière de Russie. Il s'y conduit en héros, est blessé, guéri et, finalement l'affreuse guerre achevée, il rentre à Fribourg. Mais la vie au château, au milieu des roses, ne suffit pas à son activité. Il retourne à Berlin, y fait la connaissance de Consuelo d'Aranguez, fille de l'ambassadeur d'Espagne, et se marie. L'union est bénie de Dieu : je suis déjà grand'mère de six garçons. Voilà l'histoire, mes amis ; permettez-moi de vous donner ce nom.

— Oui, madame, répondit Roc-Marie. Puisse la fusion des races amener une paix durable, chrétienne. Les bras du Christ, mort pour tous, s'ouvrent pour accueillir tous ses enfants.

— Qui sait ce que nous garde demain. Je vais vous proposer d'aller le long de la vallée au devant de mes pensionnaires. Vous reconnaîtrez celle qui vous intéresse.

— Madame, demanda Roc-Marie, les compagnes de Yolaine sont-elles du même milieu social qu'elle ?

— Il y a un mélange : l'une est fille d'un général ; deux appartiennent à une famille de gentilhommes pauvres ; quatre autres sont les aînées de huit filles d'une mère veuve et très noble ; les autres avaient un père ouvrier ou paysan. Toutes sont placées sur le même plan ; l'esprit évangélique est seul admis chez moi.

— Madame, continua la marquise, je ne saurais dire

à quel point vous nous avez intéressés. La vie que vous avez menée est utile et bonne, heureuse aussi...

— Oui, j'ai eu plus de roses que d'épines. Marchons si vous le voulez bien, vous aurez quelque intérêt à suivre l'Himmel Thal.

X

YOLAINE PASSE

Les scieries qu'actionne la Dreisam font un singulier accompagnement au chant que répètent les échos de la vallée. Quelles sont ces voix, clamant à l'unisson une vieille ballade badoise.

Ces voix appartiennent au groupe joyeux des jeunes filles qui débouchent de l'étroit défilé du Hirclsprung et se détachent sur le fond sombre des hauts sapins. C'est une symphonie en blanc et rose. Elles sont vêtues de robes courtes de toile blanche bordée d'une guirlande de roses brodées; elles marchent lestement en chantant, riant et causant. Elles semblent avoir vingt à vingt-cinq ans, des yeux bleus clairs, le teint blanc et rose comme leur toilette. Sans être jolies, elles sont fraîches, fortes, carrées; elles respirent la santé. Presque isolée, un peu en arrière, avance une jeune femme au costume pareil, mais au visage bien différent. Celle-ci n'a ni sourire, ni chant sur les lèvres. Ses joues sont pâles et ses prunelles bleu saphir n'expriment aucune gaîté. Elles regardent au loin comme perdues dans une vision. Sa complexion fine et svelte n'a rien du type germain de ses compagnes.

A la vue de la princesse, les joyeuses pensionnaires cessent de chanter, elles saluent en souriant et passent. Celle qui fait bande à part est rentrée dans le rang : elle ne salue ni ne regarde.

Roc-Marie a violemment rougi; il a saisi la main de sa mère qu'il étreint :

— C'est elle! c'est ma Yolaine! O mère!

La marquise est chancelante; Renaud devine l'inconnue, ses yeux s'emplissent de pleurs, il a le cœur serré, il balbutie :

— Ma tante... ou ma... Et deux larmes glissent de ses joues.

Mme de Rentzen, qui les observe, éprouve une grande émotion; elle a pris le bras de la marquise :

— C'est bien elle, n'est-ce-pas ?

— Oui ! Dieu est bon ! Qu'allons-nous faire ?

— Essayer de la guérir. Vous tenez, je crois, l'occasion de déclancher le ressort mental.

— Je l'espère. Voulez-vous, madame, nous permettre de nous retirer ce soir. Nous allons réfléchir, nous concerter. Demain, nous reviendrons. Que d'actions de grâce nous vous devons !

— J'ai été l'instrument, c'est la Providence que vous devez remercier. Vous savez bien que nous ne pouvons rien par nous-mêmes. Téléphonez-moi l'heure de votre venue; bien entendu, je ne dirai rien à ma pensionnaire. Allez tout droit par ce sentier, la porte de la ville est au bout; moi je dois rentrer pour présider le souper. Vous trouverez un tramway en haut de la Kaiser-Strass, il s'arrête devant votre hôtel.

Les trois Val d'Ombre suivirent le conseil donné; ils étaient brisés, heureux, troublés, un tel bouleversement s'agitait dans leur cerveau. Ils rentrèrent en silence; aucun ne put souper. Ils se rassemblèrent tous les trois dans la chambre de la marquise.

Roc-Marie pleurait sans savoir si c'était de joie...

Renaud pressentait, lui aussi, un mystère dans sa propre histoire. Mme de Val d'Ombre, avant toute délibération, se mit à réciter une ardente invocation à la Vierge, puis elle se releva :

— Mes chéris, mes fils, dit-elle d'une voix enrouée d'émotion, notre Yolaine est retrouvée. Après cette cruelle épreuve, le bon Dieu nous la rendra complètement avec son intelligence et nous reprendrons la vie comme autrefois.

— Comme autrefois... non maman, coupa Roc-Marie; tu oublies que moi je suis lié par une promesse, une parole d'honneur donnée à Dieu !

— Mon enfant, quand tu te donnais à Lui sans réserve, Dieu voyait l'avenir. Juges-en par la sagesse du Saint-Père refusant de te donner le sacrement de l'Ordre avant un an. Il t'imposait encore une année d'attente, te refusait le costume des séminaristes.

— Ecoute, maman; après la scène dramatique qui

doit porter a l'esprit de Yolaine le coup décisif, je partirai pour Rome. Le Saint-Père décidera de moi. Je me soumets d'avance. Je sais que Yolaine, qui a une foi profonde, l'admettra.

— Et moi, soupira Renaud, grand'mère, d'où en suis-je ? Au milieu de ces histoires bizarres on ne parle jamais de moi. Je me sens tellement attiré vers mon oncle que le nom de père me vient aux lèvres.

— J'ai pensé comme toi, mon Renaud, répondit Roc-Marie. Il y a des présomptions, certes; l'écheveau commence à se débrouiller... Va pour le moment dormir, mon cher petit, la journée de demain sera bien émotionnante; prends des forces.

Il tendait les bras, ils s'étreignirent, puis ce fut le tour de l'aïeule. Ces trois êtres soutenus, guidés par la foi, l'espérance et l'amour, s'élevaient vers l'au-delà, sûrs d'eux maintenant qu'ils avaient senti l'emprise divine dans l'arrangement de leur avenir.

XI

LES MÉSAVENTURES DU CHAUFFEUR

Le lendemain, de bonne heure, la marquise venait de se lever, lorsqu'on frappa à sa porte :

— Entrez, Hardichaud; que vous prend-il si matin ?

— Y me prend que je sais pas quoi faire, on dirait que j'ai plus de patrons. Je vois personne. Hier, quand j'arrive ici, et avec quelles peines ! ces bourriques de Boches ne comprenaient mot et me riaient au nez quand je demandais mon chemin. Enfin, j'arrive et à cet hôtel-là y savent me répondre. Je demande madame la marquise.

— Elle est à se promener, qu'on me dit. Mettez votre voiture au garage, posez les sacs de voyage dans les chambres de vos maîtres, dînez et allez dormir, c'est l'ordre.

— C'est bon. Je porte les valises où qu'on me mène, je dîne, j'en avais une faim ! n'ayant pas déjeuné.

Après, je veux regarder la ville. Y a des manières de ruisseaux au ras des trottoirs, qui sont comme de petits canaux, c'est pas ordinaire; je me flanque dedans, je m'étale et les Boches s'en payent de rire ! Je me ramasse et je fonce dessus les rieurs les poings en avant. Y se sauvent.

— Ne nous faites pas d'histoires ici, Hardichaud.

— Ah ! malheur, y n'avaient guère envie de se revirer sur moi; on aurait dit une volée de moineaux. C'est pas tout, me faut un pneu arrière; où que je vas le trouver ?

— La plupart des domestiques de cet hôtel savent le français. Ils vous renseigneront, parlez-leur poliment.

— Y sont des civilisés. Hier, à dîner, y m'ont donné du gigot avec de la marmelade de pomme bien sucrée et pour dessert des pruneaux au vinaigre. C'est se moquer du monde, pas vrai ?

Mme de Val d'Ombre eut un geste d'indifférence; de tels récits ne la touchaient guère, elle coupa court :

— Notre matinée est prise ; peut-être, cet après-midi, partirons-nous ; faites tout de suite ce qui est nécessaire pour l'auto et après dîner restez ici à nous attendre. Voici des billets de banque français, il y a un changeur à l'hôtel. Allez, maintenant, mon ami.

Le brave Hardichaud sortit mécontent ; ça l'horripilait de voir passer, devant la grande porte de l'hôtel ouverte sur l'avenue, des soldats revêtus de l'uniforme abhorré ; il grognait entre ses dents. Par chance le changeur parlait très bien français ; il comprit la mauvaise humeur de ce mécanicien, lui sourit et, finalement, lui offrit de l'accompagner chez un marchand de caoutchouc. En route, ils parlaient de châssis, de moteurs, de phares, en bonne harmonie ; mais les choses faillirent se gâter, lorsqu'ils arrivèrent à la Kanonen-Platz, où se dresse, au bas de la Kaiser Strasse, le monument de Werder, élevé là, en 1871, à la gloire du vainqueur. Le groupe représente le triomphe de l'Allemand sur le pauvre soldat français. Hardichaud lança une imprécation, cracha sur le piédestal avec mépris ; mais son compagnon qui ne souhaitait nulle affaire avec un client de l'hôtel et tenait à sa commission sur les pneus, l'entraîna vers un vaste magasin où l'on voyait en montre des automobiles rutilantes, d'énormes pneus confort, des phares, et toutes sortes d'accessoires symétriquement arrangés. Hardichaud connaissait parfaitement son affaire ; il choisit tout ce qu'il lui fallait, donna l'ordre de le porter à l'instant, régla la grosse note et revint en flânant, ayant laissé son cicerone dans la boutique où, sous prétexte de surveiller la livraison, il attendait son « trinkgeld » (pourboire). Le digne chauffeur avait le cœur triste ; depuis qu'il avait passé le Rhin, il voyait le long des routes des fermes prospères, des vergers couverts de fruits, des champs immenses où ondulaient de belles moissons ; l'aspect des choses était de richesse, la mine des gens était fleurie, les magasins luxueux et il comparait avec les ruines, encore visibles en bien des endroits, de sa patrie. De plus, ses patrons ne lui racontaient rien de ce qu'ils venaient faire ici. Est-ce qu'ils n'avaient plus confiance en lui ? Est-ce qu'on l'exilait de la famille. Le travail auquel il dut se livrer quand il eut ses accessoires l'empêcha de continuer à se morfondre ; puis il y eut le dîner. Le changeur vint le prier d'accepter une place à la table des employés et il en trouva cinq qui parlaient sa langue. L'un était le courrier d'un riche Américain.

— Cet hôtel, pensait Hardichaud, c'est comme une salade russe ; amusant quand même. Après le café, le pousse-café, la cigarette, il revint à son auto et se mit courageusement à la faire belle. Depuis son départ, il n'avait jamais eu le temps de procéder à un nettoyage complet. Enfoui dans son « bleu », couché sous la voiture, sur le coup de seize heures, il fut dérangé par la voix de sa patronne.

— Hardichaud ! Ah ! vous êtes dans la fosse. Sortez, mon ami, j'ai à vous parler.

— Voilà, madame la marquise.

Il montra sa tête rousse au ras du sol, ses mains noires et huileuses et au lieu de finir de monter, il resta ahuri, les yeux écarquillés devant le spectacle qui s'offrait à sa vue. Entre Mme de Val d'Ombre et Renaud se tenait une personne très pâle, dont les yeux bleus le regardaient.

— Pas possible ! exclama le chauffeur ; on dirait Mme la Comtesse ! Non, vrai ! ce serait-y la petite Yolaine qui revient...

— Sortez donc de là-dessous, Hardichaud !

— Damé, ça me coupe les bras...

Il finit par se dégager, tandis que Roc-Marie, un peu plus loin, fixait anxieusement le visage altéré de la jeune femme. Celle-ci passait une main tremblante sur son front ; elle murmura :

— On dirait le brosseur de papa.

— Bien sûr que j'étais l'ordonnance de votre papa à Bourges, mademoiselle Yolaine ; mais depuis je suis devenu le domestique de votre belle-mère. Quoi que vous avez donc comme ça ? On dirait que vous perdez les sens.

En effet, la pensionnaire de la princesse de Rantzen semblait à bout de forces. Ses deux soutiens l'entraînèrent, pendant que Roc-Marie expliquait :

— Mon brave Hardichaud, oui nous avons retrouvé notre chère Yolaine ; encore un peu malade, mais, Dieu aidant, elle guérira ; nous retournons en France, préparez-vous aussitôt que possible. Nous irons droit à Héricourt.

Il s'éloigna, suivant sa famille, tandis que le chauffeur, oubliant ses mains noires, se frottait énergiquement les yeux.

— Tout de même, c'est pas ordinaire ce qu'arrive. V'là la femme à M. Roc-Marie ressuscitée.

Le pauvre homme était si troublé qu'il remettait sa veste de cuir par dessus son bleu, sans songer à un nettoyage utile.

XII

LA LUMIÈRE DANS LES YEUX

Que s'était-il passé au Rosen-Schloss le matin de ce jour, quand, suivant les indications données la veille par la princesse de Rantzen, les trois Val d'Ombre étaient arrivés bien émus.

— Venez, avait dit celle-ci, en leur serrant les mains, nos « rosières » sont à la Roseraie. Elles écussonnent ce matin, c'est la saison ; Yolaine est isolée, selon son habitude, elle se charge toujours du poste le plus lointain. Elle est dans la section des roses rouges d'Euxinograd.

Yolaine, très attentive, préparait une greffe ; avec un fin couteau elle enlevait l'aubier délicatement, ne

laissant que l'écorce, sur laquelle poussait l'œil de la
plante. Ensuite elle fendait la peau de l'églantier, glissait dessous sa greffe et attachait le tout avec un
brin de laine. Elle ne s'occupait de personne, toute à
son affaire ; mais quand elle releva le front et aperçut devant elle les trois personnages dont le buste
émergeait derrière les rosiers, elle cessa de travailler
les regardant de ses yeux ternes.

— Yolaine ! dit la princesse, qui s'était placée à
côté de sa pensionnaire et se servait pour la première
fois de ce nom, car, habituellement, elle disait Lina,
regardez qui vient vous visiter, mon enfant.

Un flot rouge envahit les joues de la « rosière » ;
elle avança une main comme pour se soutenir et rencontra le bras tendu de la marquise :

— Ma fille chérie, tu me reconnais, parle-moi ; voici
mon fils Roc-Marie.

Les lèvres tremblantes balbutièrent d'une voix étrange, comme lorsqu'on n'a pas parlé depuis longtemps :

— Vous ! Lui ! mais où est maman ? Est-on en paradis ?

— Non, fit la princesse, mais sur le chemin qui y
mène.

— Vous venez me chercher ?

— Oui, ma Yolaine, dit Roc-Marie en prenant la
main de l'infortunée qu'il embrassa chaudement ; nous
venons te reprendre, ma chérie.

Elle regardait autour d'elle, ses yeux s'éclairaient
de la flamme intérieure ; elle rencontra le visage souriant de la princesse :

— Ma fille, tu t'éveilles d'un long sommeil, tu te
retrouves comme avant, dit celle-ci.

— Où sommes-nous ? Est-ce encore la terre ?

— La terre, oui, avec ceux qui t'aiment.

De nouveau les yeux de saphir brillèrent ; elle les
fixa sur ceux de Renaud si pareils aux siens ; une expression d'infinie douceur passa sur le visage altéré,
elle fléchit. Sans le secours de la princesse, elle se fut
affaissée.

— L'émotion est trop forte pour sa faiblesse, mais
elle est sauvée, dit celle-ci ; rentrons, il faut un réconfort et du repos.

Roc-Marie l'enleva dans ses bras et l'emporta comme
un bébé jusqu'au château où il la déposa sur le divan
du salon.

Maintenant, elle pressait son front, balbutiait des

mots qui paraissaient sans suite. La dernière partie de
sa vie restait voilée et ce qu'elle disait avait trait à
sa jeunesse :

— Maman est en bateau sur le lac, je nage... Est-
ce qu'il y a de l'orage... Ah ! c'est le canon. Et voilà
le toit qui s'écroule !... mon enfant !...

— C'est le délire, expliqua la princesse ; je vais
lui préparer un calmant et ensuite il faudrait la laisser reposer ; songez quelle commotion elle vient de
ressentir ! Commotion salutaire, sans doute, mais qui
deviendrait dangereuse, si elle se fatiguait l'esprit.

— Je comprends son état ; des visions reparaissent,
c'est comme un film qui se déroule, dit Roc-Marie. Mais
vous avez raison, madame, notre présence l'excite ; je
crois prudent de la laisser à vos soins si bienveil-
lants.

— Oui. Allez vous remettre vous aussi ; restez dans
la maison ou le jardin. Yolaine après avoir pris la boisson que je vais préparer s'endormira. J'espère qu'au
réveil elle sera bien. Je vous en prie, soyez ici chez
vous ; peut-être notre... rescapée pourra-t-elle dîner
avec nous.

— Vous êtes parfaite, Madame.

— Je veux mener à bien cette miraculée... puisque
la Providence m'en a donné la garde.

Elle congédiait d'un signe ses hôtes, passait dans
la pharmacie, où elle avait une réserve de plantes mé-
dicinales séchées pour les besoins de son entourage.

En quelques minutes, elle eut arrangé un breuvage
qu'elle fit prendre à sa pensionnaire docile qui avait
perdu sa physionomie rigide et put dire merci avec un
regard reconnaissant.

— Bois et dors, ma petite fille, ton épreuve est finie.
A présent tu seras heureuse.

La jeune femme obéit et retomba vaincue mais lu-
cide sur le divan où elle s'endormit.

Les Val d'Ombre allèrent s'asseoir sous le berceau
de chèvrefeuille ; eux aussi étaient épuisés d'émotion.
La marquise ne se soutenait plus, Renaud tremblait,
les nerfs trop tendus. Roc-Marie, très pâle, en proie
aux plus angoissantes suggestions, songeait :

— Je vais conduire ma famille chez l'excellente
douairière d'Héricourt. Dès le lendemain, je partirai
pour Rome ; une situation semblable à la mienne ne
peut se prolonger.

— Elle a parlé de son enfant, songeait Renaud ;

est-ce moi ? Du plus loin que je me souvienne, je vois celle que j'appelais mère, s'occuper de son mari, de ses enfants qui augmentaient chaque année. Moi, j'avais une gouvernante, j'étais peu avec mes parents, aux repas seulement. Je ne m'en plaignais pas, je m'amusais, on ne me refusait rien, mais j'avais peu de caresses, mon cœur ne vibrait pas comme tout à l'heure au contact de celle que je nomme ma tante. Avant d'être auprès de mon oncle, je ne pouvais guère juger de la tendresse d'un père. Le mari de ma mère auquel je donnais ce titre, m'était complètement indifférent. Il était aimable avec moi, me donnait ce que je demandais, se montrait toujours généreux, mais auprès de mon oncle, quelle différence ! Son attitude à lui, toute de bonté, de conseils, d'intention si claire de contribuer à mon bonheur, de me voir acquérir les qualités qui doivent éclairer la conscience d'un homme. Lui, c'est le guide sûr et doux.

Renaud se rapprocha de celui auquel il pensait et qui restait silencieux, absorbé dans sa méditation. Il mit un baiser sur la joue très pâle du rêveur.

— Mon oncle, vous souvenez-vous des paroles du major Chantoul ? « En passant, le médecin-chef m'a dit : J'ai mis la mère dans la voiture qui part à l'arrière, son petit est mort ».

— Oui, je me rappelle les moindres détails qui ont trait à notre histoire.

— Elle s'éclaire, notre histoire, moi je vois l'enchaînement.

— Je le vois aussi, mon cher petit ; Yolaine a été sauvée par miracle de l'écroulement, son enfant a été emporté par une religieuse...

— Cet enfant vit, tandis que l'autre est mort ; la mère de celui-ci a été embarquée dans une voiture d'ambulance. Alors, vous ne trouvez pas la chose limpide, mon oncle ?

— Il faudrait retrouver le médecin ou la sœur.

— Elle a dû mettre le malheureux bébé dans la voiture qui partait. Dans cette voiture, il n'y avait que des blessés, sauf une femme.

— J'ai fait le même raisonnement, mon Renaud, maman aussi. Notre conviction est faite dans nos cœurs.

— Oh ! dans le mien aussi. Je ne vois rien de changé ; j'ai tellement l'intuition de la vérité !

Roc-Marie serra l'enfant contre lui.

— Et moi aussi je l'ai, mon fils ! Mais je chercherai la consécration de cet incroyable bonheur. Tu es, mon chéri, ce que j'avais rêvé, l'idéal de mon amour.

La marquise, les yeux fermés, la tête dans ses mains, n'avait pas perdu un mot de la conversation ; elle releva le front, sourit à ses enfants avec une grande douceur.

— Et moi, mon fils, j'ai aussi deviné, reconstitué le passé. En Renaud, je retrouve tes gestes, ton allure, tes goûts à son âge. Il n'a rien de l'aîné des Val d'Ombre. Je crois notre famille rétablie à présent... du moins ce qui en reste.

— Le « jour de gloire est arrivé » s'écria l'enfant. A présent il faut partir, rentrer chez nous à Ker-Mehir, retrouver nos amis Loisel.

— Oui, nous allons partir. Avant, tu aimeras encore voir une vieille amie chez qui nous allons.

— La duchesse d'Héricourt ; je la connais par vos récits, mais comme ce sera meilleur quand nous serons dans notre Bretagne tous les quatre réunis.

— Moi, je ferai encore un voyage, intervint Roc-Marie ; le bonheur que tu annonces ne serait pas de la terre... dans les roses qui nous entourent ici se cachent des épines.

— Il y a une variété qui n'en a pas, père ; justement celle qui grimpe au-dessus de nous. Ayons la foi, c'est l'heure de la Providence qui passe.

XIII

CELLE QUI REVIENT

Le dîner de midi était servi sous la véranda, isolée de la grande salle à manger où se réunissaient les rosières. La princesse avait voulu une calme intimité. Elle présidait la table semée de feuilles de roses. Quand elle vit entrer ses invités qu'un maître d'hôtel avait été prévenir, elle alla à eux tenant Yolaine par la main.

— Voyez, leur dit-elle en souriant, c'est à ne pas reconnaître ma pensionnaire.

En effet, le beau visage de la jeune femme avait maintenant une expression touchante ; ses yeux brillaient, la rigidité des traits était vaincue. Elle ne marchait plus comme une automate, mais elle restait encore timide, hésitante, le bond prodigieux accompli par la pensée la rendait incertaine. Elle contemplait son mari sans oser l'approcher. Lui aussi se tenait à distance, tandis que Renaud s'élançait éperdument vers elle.

— Maman !

Elle hésita :

— Toi, mon fils, si grand ! C'était hier. Le toit est tombé sur moi, la religieuse t'a emporté. Tu criais ; moi je sombrais dans la nuit. Roc-Marie est-ce toi ? non tu as été tué, c'est ton ombre, ô mon bien-aimé. Tu n'approches pas... tu es une vision. Mais vous, mère, je peux vous approcher, je vais partir avec vous ?

— Sûrement, chérie. Tu diras au revoir à la bonne Princesse qui t'a sauvée et nous rentrerons dans notre pays, en France.

— Où sommes-nous donc ?

Elle se tournait vers la Princesse :

— J'étais avec vous dans le rêve, nous cueillions des roses. Vous êtes une créature bénie, vous aviez autour de vous un rayonnement.

— Que j'ai perdu quand tu t'es éveillée. Viens donc à table et vous aussi mes chers amis.

— Je comprends ce qu'elle veut exprimer, fit Renaud. En son rêve, elle vivait sur un autre plan, les êtres et les choses avaient un autre aspect que nous ne pouvons voir du nôtre. Maman, tu as fait une échappée en astral.

— Que dis-tu, demanda l'aïeule en prenant place près de Yolaine. Voici un jargon bien mystique.

— Les Mages de l'Inde parlent ainsi.

Yolaine, encore tremblante, les yeux rivés sur Roc-Marie, se perdait dans l'inexplicable. La vision demeurait. Elle demanda de sa voix encore assez rauque, cherchant les mots oubliés.

— Es-tu parti ? es-tu revenu ? Nous étions dans le château où tu nous a laissées Armande et moi, oui... c'est bien Armande et... moi.

— Je suis parti, Yolaine ; j'ai lutté pour vaincre.

Dieu a permis que je reste encore en ce monde ; mon frère a été tué.

— Tant d'autres ! En ai-je vu passer des morts !

La Marquise voulant chasser l'idée d'horreur demanda :

— Te souviens-tu de ta marraine ?

— Ma marraine... attendez. L'auto de ma marraine qui est venue nous chercher à l'Alvarède.

Roc-Marie intervint. Evoquer cette idée de suprême chagrin était dangereux.

— Yolaine chérie, votre marraine est à Héricourt ; elle nous attend ; vous vous rappelez d'elle.

— Oui. Je la vois. Grande, belle, vêtue de blanc avec une écharpe sur ses papillottes blanches. Oh ! je l'aime.

Elle regardait dans l'espace par la grande baie donnant sur les fleurs. Il semblait que des tableaux défilaient à travers l'horizon, mais la Princesse, très sage, en crainte de fatigue par trop de tension dans ce cerveau à peine retouché, dériva l'attention en offrant les mets :

— Prenez de ce pâté de lièvre, dit-elle en riant, bien que la chasse soit défendue, nous avons du gibier en tous temps. Ne croyez pas que je contrevienne à la loi.

— Vous élevez le gibier, demanda Renaud, le lièvre est un amateur de roses.

— Je l'ignore, mon jeune ami. Je sais seulement que les agiles animaux mesurent mal leur élan au « Saut du cerf » en voulant franchir le défilé d'un rocher à l'autre. Ils tombent de très haut, se blessent et même se tuent. Mes gens vont les ramasser. Le lièvre que je vous offre s'était cassé une patte.

Yolaine mangeait à peine, souvent elle passait une main frémissante sur ses yeux :

— Il me semble avoir cueilli tant de roses !

— A présent, maman, tu cueilleras les plus belles avec moi, j'en ôterai toutes les épines, dit Renaud.

La Princesse sourit à l'enfant :

— Avant de partir, prenez un gros bouquet. Vous m'enlevez une rosière, mon bataillon essaime, toutes mes pensionnaires trouvent une autre voie et me quittent. Quand je n'en aurais plus, je laisserai grandir en liberté mes arbustes, cela deviendra un bois inextricable où vivront les bêtes. Ne faut-il pas des refuges à ces animaux qu'on poursuit.

Après le déjeuner, les pensionnaires étaient dans la salle de musique, elles chantaient en chœur avec ce talent inné que l'Allemagne consacre.

— Un morceau de « Sigurd », dit la Marquise, quel talent ont vos fleuristes, Madame ! Tout ce qui est ici est joli, poétique, élève la pensée.

— Quel contraste en cette âme allemande, fit Renaud sans réfléchir.

La Princesse s'était éclipsée, la famille reconstituée des Val d'Ombre devait avoir besoin d'intimité. Son rôle à elle était fini, elle se sentait heureuse, elle voulait écrire à son fils cette finale providentielle de son œuvre.

La Marquise, entourée de ses enfants, éprouvait un calme infini. Roc-Marie contemplait Yolaïne et son fils. Le petit avait entraîné sa mère devant la grande glace du salon.

— Vois, expliquait-il, nous sommes tout pareil maman, mes yeux sont tes yeux, mes cheveux sont tes cheveux, mon cœur est ton cœur. Il penchait sa tête sur l'épaule de Yolaïne, mettait un baiser sur sa joue.

— Tu m'aimes, maman ?

— Oh ! mon fils ! Il me vient des souvenirs... j'avais tant désiré t'avoir et tu es là, grand, beau, fort ! Pourquoi ton père ne vient-il pas auprès de nous...

— Père ! appela Renaud.

Mais Roc-Marie avait disparu

XIV

LE CHATEAU D'HÉRICOURT

Le château d'Héricourt avait peu changé, à part quelques beaux arbres qui sans doute avaient gêné les hôtes de la guerre, rien n'était saccagé parmi les choses. Les mêmes habitants se retrouvaient à leur poste, un peu transformés par quinze hivers de plus, car à leur âge on compte par hiver. La Douairière, plus ancrée que jamais, dans les modes et les usages de jadis, ceux du jour lui causant scandale, était toujours alerte, un peu amaigrie et ridée, mais le cœur aussi jeune. Son compagnon, Gislain de Runkerque, laissait la neige et les soleils passer sur lui sans songer que les années couraient, il chassait moins, buvait, mangeait moins, lisait davantage et restait l'aimable causeur d'autrefois.

Odyle servait sa chère maîtresse avec le même dévouement, seulement au lieu de se déranger, la plupart du temps elle faisait agir sa petite fille Augusta qui avait seize ans. Son mari toujours cocher en titre, donnait les guides par les mauvais temps à son fils Odelin qui savait conduire selon les bons principes. Hardichaud et l'auto n'avaient jamais été remplacés, on ne voyageait plus qu'avec deux juments : Meurthe et Moselle qui avaient succédé à Sambre et Meuse réquisitionnées lors de l'invasion. La vieille Duchesse constatait avec peine la disparition de plusieurs de ses voisins, c'étaient tout d'abord les Val d'Ombre, puis Mme Pajot, présidente de la Croix-Rouge de Sedan, laquelle lasse d'être envahie, de voir ses meubles pillés, s'était réfugiée à Paris où elle vivait avec ses enfants.

Un jour la Douairière avait voulu aller voir le château de Val d'Ombre. Elle trouva les ruines enveloppées de lierres, de pauvres petits arbres qui essayaient de pousser sur les vieux troncs coupés. Elle erra dans ce qui avait été les allées, puis lasse, elle s'assit sur une roche moussue où son fidèle Gislain la découvrit les yeux en larmes. Depuis elle n'y était jamais revenue. Des Fenestranges décimés, il ne restait que l'aïeule et ses trois petits-fils, le père tué en 1915, la mère attachée aux ambulances y avait attrapé une mauvaise fièvre à la suite d'une piqûre anatomique. Les Loisel étaient partis pour une nouvelle garnison. Tant d'autres familles étaient bouleversées. Puis il était venu de nouveaux habitants qui avaient relevé les murs, créé de vilains châteaux blancs, neufs, affreux. Ils y recevaient les gens du gouvernement. Et nul ne songeait à relever le clocher de l'église démoli. La Douairière avait, à ses frais, fait remonter une tour carrée, point haute, pour abriter la cloche. Ah ! la digne vieille n'avait qu'à se réfugier dans le passé.

Quand elle vit une automobile poindre dans l'avenue dont la fenêtre près de laquelle elle tricotait, com-

mandait la vue, elle cria à Odyle, toujours à portée
de voix.

— Une visite, dis que je ne... attends, viens donc
voir.

Odyle accourait, doublant ses pas menus, la châtelaine continuait :

— Ai-je une hallucination... on dirait mon auto...
celle que j'ai donnée à mon filleul, ma parole...

— Madame la Duchesse, sûr que c'est Hardichaud
qui la mène... la voilà au perron, Calixte se précipite.

— C'est Pauline ! Allons vite, Odyle. Ah ! quelle
surprise. Ton bras, ma fille.

Elle ne put aller plus loin que le grand salon qu'on
traverse pour gagner le hall d'entrée, sans être entourée par les arrivants. Pauline se jetait dans ses
bras, Roc-Marie baisait sa main, Yolaine chancelante
s'appuyait sur Renaud ahuri, les yeux fixés sur cette
grande dame, blanche des pieds à la tête, dont la longue robe de soie souple à traîne accentuait encore la
hauteur. Mais la Marquise se retournait.

— Voyez, mon amie, je vous amène notre Yolaine,
je l'ai retrouvée. Un miracle !

— Oh ! ma petite-fille chérie !

La Douairière prenait contre son cœur, agité de joie,
l'infortunée qui avait tant souffert.

Un moment d'indicible émotion passa sur tous, nul
ne pouvait parler. Roc-Marie se domina le premier.

— Marraine, après tant de malheurs, nous voilà ensemble.

— Ceux qui restent...

— Oui. Laissez-moi vous présenter notre enfant :
Renaud de Val d'Ombre.

— Il est ici le cher petit, les dernières nouvelles
d'Armande m'annonçaient en effet qu'elle vous envoyait son fils pour qu'il reste français.

— Regardez-le, marraine.

La Duchesse essuya ses lunettes un peu embrumées,
prit le garçon par la main, le mena vers la fenêtre et
comme il se tenait droit, attentif, ses clairs yeux souriants, fixés sur ceux qui l'observaient, elle dit :

— C'est incroyable, on dirait Yolaine à cet âge. Je
n'ai jamais vu ressemblance pareille.

— N'est-ce pas, ajouta la Marquise. Nous allons vous
raconter l'histoire providentielle.

Renaud, avec sa douceur caressante, avait glissé ses
bras autour du cou de la vieille femme, il l'embras-

sait sans songer à la moindre cérémonie. Elle rendit le baiser avec effusion.)

— Petit câlin, tu es bien comme Roc-Marie. Mon Dieu, quelle bénédiction est sur nous aujourd'hui. Je suis tellement heureuse de vous revoir, de me sentir encore une famille. Je vous garde longtemps, je ne vous lâche plus. Vos chambres sont prêtes, venez voir. Odyle où es-tu, fais-en préparer une de plus pour Mme la comtesse de Val d'Ombre.

Odyle n'était pas loin, elle essuyait ses yeux avec son tablier, tous lui tendaient les mains, Yolaine l'embrassait.

Les serviteurs avaient déchargé l'auto, Hardichaud voyant la Duchesse traverser le hall s'empressa :

— Bonjour, Madame la Dusèche, que je suis donc content d'être revenu vous voir !

— Brave Hardicœur, vous êtes fidèle, moi aussi, je suis contente de vous retrouver au poste. Reprenez votre ancien gîte, vous ne vous querellerez plus avec le cocher. Je ne vous ai pas remplacé.

— Mais Patronn... je me trompe, Dusèche, vous monterez bien dans votre ancienne amie l'auto. On a fait ensemble pas mal de route. Je serais fier de vous conduire encore. Ah ! la bagnole est toujours bonne.

— Nous irons à Sedan, mon ami, ce sera un pèlerinage de souvenir. Allez vous restaurer, vous êtes de la maison.

Le chauffeur salua sans grâce, mais avec infiniment de respect.

Roc-Marie avait glissé son bras sous celui de la douairière, il la retenait :

— Venez un peu avec moi, marraine, j'aurais des choses à vous dire.

La soirée était exquise, ils firent quelques pas vers la terrasse d'où la vue s'étendait à l'infini sur la campagne plus dénudée que jadis, tant d'arbres séculaires étaient tombés sous la hache de l'envahisseur.

— Parle mon cher enfant, je devine ton trouble.

— Oui marraine. Au milieu de ce bonheur qui répare une partie du passé je suis bien perplexe, moi. Ai-je donc agi imprudemment en m'engageant sur une autre voie quand je croyais la première tout à fait fermée.

— Tu as agi selon ta foi. Tu ne pouvais deviner l'avenir.

— Mais où placer le devoir aujourd'hui ? Je réflé-

chis jour et nuit, je prie ardemment, je n'arrive qu'au
doute. Quelle est votre opinion ?

— Le mariage est indissoluble mon ami, rien ne
peut séparer ce que Dieu a uni devant l'autel. Ton union
est bénie puisque tu as un fils, tu as fait seulement
des études au séminaire, aucun serment ne te lie, sois
heureux. La continuation des Val d'Ombre est assurée
par ce charmant Renaud.

— Qui est certainement notre fils. J'ai écrit hier à
Armande toutes les présomptions recueillies par nous
en faveur de cette certitude. Aussitôt notre retour, je
me mettrai en campagne pour retrouver le docteur qui
tenait l'ambulance des Ablettes.

— Vous allez me rester quelques jours.

— Bien volontiers. Maman souffrira tant en voyant
nos tristes ruines près d'ici. Y êtes-vous allée ?

— Une fois. Mais Gislain y va souvent... Il aime
à s'asseoir sur une roche où la mousse cache les traces
du feu, et il reste là des heures à penser. C'est un
rêveur le cher vieux. Il attend des fantômes et pré-
tend en voir quand le brouillard monte de la Semois.

— Puisque l'air est obscurci d'esprits, dit saint Paul.

— Aperçois-tu là-bas dans l'allée qui longe l'étang,
la haute silhouette dressée les bras ouverts, c'est Gislain.

— Je vois. Et voilà mon Renaud lancé à toute allure
qui se précipite à son cou. On ne saurait nier l'intuition.

— Allons au devant d'eux.

— Quelle surprise ! mon bon Gislain, dit la Douairière en riant dès qu'ils furent à portée de voix.

— Surprise, non dit le Belge, je les attends chaque
jour et ce cher petit qui m'a... reconnu. Roc-Marie
c'est ton fils ?

— Un miracle me l'a rendu. Et vous allez voir sa
mère.

— Ici mes fantômes prennent corps. Je savais que
vous alliez venir. J'ai vu ce matin un vol de cigognes
s'abattre sur la maison et des cigognes en cette saison...

XV

RENCONTRE IMPREVUE

Comme on vivait doucement heureux et calme au château d'Héricourt. On évitait de parler des heures lugubres, Yolaine avait encore de petits moments d'absence, il ne fallait pas surmener son cerveau si ébranlé par les chocs successifs qu'il avait subis.

Roc-Marie était parti pour l'Italie, Gislain de Runkerque, qui ne connaissait pas Rome, avait voulu l'accompagner. Le bon Belge, après avoir passé l'époque néfaste de la guerre au Liban, vécu au pays de l'Evangile, voulait compléter son éducation religieuse, voir la capitale du monde chrétien, il ne pouvait trouver de meilleur guide que son jeune ami.

Par une belle après-midi de septembre, la Douairière et ses deux compagnes s'étaient décidées au triste pélerinage du Val d'Ombre.

— Allons, avait expliqué la vieille Ardennaise, ce ne sont que des choses détruites et nous n'avons pas besoin de nous faire de peine pour cela. C'est bien assez de pleurer les gens.

Mais sa belle philosophie n'avait pas tenu bien longtemps devant le spectacle d'un tel abandon. Les villages, plusieurs châteaux du rayon avaient été relevés, les propriétaires, pourvus d'une forte indemnité avaient reconstruit en l'embellissant leur logis. La Marquise de Val d'Ombre n'avait rien fait, elle préférait vivre à Ker-Menhir, son pays de naissance.

Les ruines se dressaient sous les lierres, les viornes, les clématites sauvages, l'aspect échevelé rayonnant des couleurs d'automne sous le soleil offrait une vue pittoresque, ravissante pour ceux qui ne mettaient pas le souvenir lugubre dans l'aspect heureux. Seul d'eux tous, Renaud souriait, gaiement admiratif, lui qui n'avait pas connu le passé. Hardichaud cherchait l'ancienne place de son garage en pleurant. Yolaine avait tressailli et serait tombée si elle n'avait pas eu son bras sous celui de la Marquise très pâle elle aussi. La Douairière expliquait :

— La bonne nature vivante caché avec ses splendeurs le crime des hommes. Ils ont pillé et brûlé, elle a reverdi et fleuri, il y a toujours des grappes parfumées de clématite sur les murs.

Renaud escaladait les débris du grand escalier, il apparaissait au sommet de la tour de l'horloge où, par un singulier hasard la cloche était intacte, il poussa le battant. Un son clair et prolongé vibra soudain.

— Oh ! cette voix ! la même, s'écria la grand'mère ; je ferme les yeux, sonne encore la cloche, que je cherche l'illusion !

Dans le bois de sapins où l'on avait mis le feu pour les détruire plus vite, des herbes folles montaient victorieuses semées par les oiseaux et les vents, la rivière miroitait au bas du talus toujours capricante, pressée, bruyante contre les roches.

— On ne voit plus les tours de Runkerque, soupira la Douairière, le repaire de Gislain est aussi écroulé. Dans la cour d'honneur on a élevé une grande tombe où sont pêle-mêle les os germains et français, même ceux des chevaux, c'était une pestilence, on a dû jeter ces débris en terre, et les arroser de chaux. Remontons, Renaud nous appelle.

L'enfant avait trouvé, où de jeunes arbres avaient repoussé sur les vieilles racines, des prunes violettes, il en avait plein son béret et les offrait tout joyeux :

— Elles sont exquises, les arbres en sont tout chargés, il y a aussi des raisins sur un pan de mur, voyez le verger nous offre à goûter.

La chapelle isolée du château avait échappé à l'incendie, non aux bombes, un fragment de toit abritait l'autel en pierre surmonté d'une croix de bois où jadis était attaché un Christ en ivoire. Le Christ avait disparu. La Marquise eut une invocation à la pitié divine et les trois femmes sortirent silencieusement avec des pensées pareilles qu'elles n'énuméraient pas. Renaud dit :

— Grand'mère, je reviendrai ici avec mon album, je peux prendre des dessins de ces ruines ?

— Tu le peux, mon enfant, tu es ici chez toi.

Le soleil se couchait au loin par delà la France, les « pèlerins » mélancoliques revinrent à l'Est, le côté sombre du ciel. L'auto les attendait devant ce qui avait été l'avenue. Le chauffeur, d'habitude si jovial, ouvrit la portière sans un mot et ce fut seulement sur la route qu'il dit à Renaud assis près de lui :

— La dernière fois que je suis venu ici, j'avais dans ma voiture deux jeunes mariés... votre père et votre mère, Monsieur Renaud. Ah ! ils ne s'en faisaient pas. Le bon Dieu a raison de nous cacher l'avenir. Si vous voulez prendre le volant, c'est tout droit, y a pas de virages. Et puisque vous voulez apprendre le métier, allons-y.

Dès le lendemain, aussitôt le déjeuner, Renaud sautait à bicyclette, son album dans une musette suspendue à l'épaule, il pédalait lestement sur la route du Val d'Ombre. Arrivé aux ruines, il accota sa machine contre un pan de mur et gagna le bord de l'eau. Il voulait commencer son travail par le coude de la rivière et la vue du vieux pont.

A sa grande surprise, il aperçut un pêcheur à la ligne bien installé sur une pierre moussue qui le regardait venir bénévolement. Il eut un vague geste de salut et dit en souriant :

— Place pour deux, mon petit monsieur ; aujourd'hui, vent contraire, on ne prend rien.

— Je ne viens pas pêcher, répondit Renaud, je viens dessiner le paysage.

— Belle idée, jeune homme, moi je l'ai photographié, c'est plus facile et plus vrai, on fait mieux « parler » les pierres.

— Je préfère mon crayon. En quoi ce site vous intéresse-t-il, Monsieur ?

— Il est pittoresque. J'habite le pays et comme j'ai écrit mes souvenirs de guerre, je les illustre des lieux où se sont passés les événements que je raconte.

— Vous vous êtes battu par ici ?

— Battu non, je suis médecin. A cette époque j'exerçais encore ma profession. Aujourd'hui, j'ai pris ma retraite et je pêche, métier paisible vous voyez. Mais vous n'êtes pas du pays, jeune homme, je connais tous les habitants.

— J'en suis. Ces débris appartiennent à ma famille.

— Ah ! pardon, fit le pêcheur en se levant et ôtant son chapeau. Je suis ici chez vous. Monsieur de Val d'Ombre peut-être.

— Oui.

— Vous n'avez rien vu du passé à votre âge.

— C'est pourquoi j'en recherche les traces, les miens

vécurent ici des jours heureux. Peut-être les avez-vous connus ?

— Non. Je suis de l'Ouest, mais on demandait au corps médical des volontaires en 1914. J'étais garçon, libre, je suis venu dans le secteur. Plus tard, je m'y suis marié et voilà, je m'y plais, j'y reste. Ça ne vous gêne pas que je pêche chez vous ?

— Certes non, tant que vous voudrez. Il y a beaucoup de poissons ?

— Assez. Cette eau-là a coulé rouge à un moment. Dieu! Quelles horreurs elle a reflétées. On trouve encore des obus dans le fond de la rivière. Si vous voulez dessiner, Monsieur, venez vous asseoir près de moi, vous prendrez de là, l'enfilade des collines et le clocher tronqué des Ablettes à mi-côte.

— Le village des Ablettes ?

— Oui.

— Vous l'habitez ?

— Non. Notre petit bien est du côté opposé, mais c'est en ce village que j'ai débuté à la guerre en 1914.

— Ah ! mais je suis né vers cette époque, on n'a jamais pu préciser au juste, c'était en fin du mois d'août.

Renaud avait suivi le conseil du pêcheur, il s'était installé, son album sur les genoux et il jetait des lignes sur le papier tandis que son voisin devenu silencieux, l'esprit retourné en arrière, suivait distraitement les évolutions de son bouchon de liège sur l'eau.

Quand vint le soir, l'enfant avait une jolie page, le pêcheur aucun poisson. Il jeta les yeux sur le travail du jeune artiste.

— Parfait, Monsieur, vous avez un juste coup d'œil. Quand vous reviendrez, je serai content de vous retrouver.

— Moi aussi, Monsieur, j'aimerais à voir vos photographies des choses que j'essaie de reproduire.

— Volontiers, je vous apporterai demain mon album.

Les nouveaux amis se serrèrent la main. Renaud remonta prendre sa machine et le pêcheur s'achemina à pied à travers le sentier qui borde la Semois.

En marchant chacun de son côté, ils pensaient l'un à l'autre. Pourquoi cette rencontre ? Pourquoi une attirance de sympathie entre ces étrangers.

XVI

LA LUMIERE MONTE

Le soir, au dîner, Renaud raconta sa rencontre fortuite avec un pêcheur, lequel lui avait parlé de la guerre et de son rôle de médecin aux Ablettes.

Yolaine rougit vivement :

— Le village où tu es né !

— Mon petit-fils, ajouta la grand'mère, que tu sois Renaud ou Roc-Marie...

— Je suis Roc-Marie grand'mère, je le sens en moi. Je suis sûr que mon excursion aux ruines n'est pas sans cause.

— Il faut aller voir ce docteur, décida la Douairière, après ce que vous m'avez raconté du jeune interne Chantoul, nous pourrions être sur la voie.

— Nous irons dès demain, approuva Yolaine dont les yeux brillaient de joie à la pensée d'être enfin sûre d'avoir retrouvé son fils.

Le lendemain, malgré une pluie torrentielle, la famille se rendit aux Ablettes. La première personne à laquelle s'adressa la Marquise fut l'hôtellière des « Rapatriés », nom dont elle avait très à propos décoré sa maison. Elle répondit aussitôt :

— Le docteur dont vous parlez et qui s'est marié dans le pays, doit être M. Sorin, il a épousé la fille de l'ancien maire. Une demoiselle Catherine Huy. Lors de la fuite du village, sous les bombes, il l'avait trouvée au bord de la route, épuisée, blessée, à bout de forces.

— Une idylle tragique, interrompit Renaud.

— Pas si tragique, Monsieur, Il l'emporta à la gare, la mit dans un train sanitaire et quand elle fut guérie elle devint infirmière. A la fin de la guerre eut lieu la noce.

— Ils sont revenus s'installer ici.

— Bien sûr et dans une belle maison qu'ils ont fait construire avec les deniers de l'Etat en place de la bicoque du vieux Huy qui d'ailleurs y fut tué.

— C'est loin d'ici ?

— Vous en avez pour cinq minutes en auto, si votre machine peut monter par la route en lacets. Comme il pleut, gare au dérapage.

Hardichaud qui écoutait, haussa les épaules :

— Nous y serons dans cinq minutes affirma-t-il fièrement.

Et ils y furent. C'était un chalet confortable au toit surplombant, bien d'aplomb comme les autans, tout frais peint, avec des balcons vert tendre. Comme l'auto trépidante s'arrêtait devant la grille du jardin, avant même qu'ils eussent sonné, le buste du docteur s'encadra dans une fenêtre, il cria :

— Est-ce au docteur Sorin que vous en avez ?

— Oui, docteur, répondit Renaud qui, sans crainte de se mouiller sautait de voiture, ouvrait le portillon et courait à la maison.

— Ah ! Monsieur de Val d'Ombre.

— Juste docteur, avec sa famille. Nous avons un tel service à vous demander. Vous pouvez nous recevoir ?

— Bien entendu. Attendez, je prends un parapluie.

Il se hâtait vers l'entrée, ouvrait la porte cochère pour que l'auto pût entrer.

Hardichaud opéra un virage impeccable et les voyageuses purent descendre à l'abri du toit.

Le docteur, un peu ahuri, s'inclinait très bas, sa femme, survenue curieuse, empressée, recevait les visiteurs sur le seuil.

— Veuillez venir, Mesdames, quel déluge !

Tous se hâtaient, poussés par la rafale, le médecin referma la porte. Ils étaient dans un vaste hall où des fleurs mettaient leur gaîté. Sur ce hall donnait un salon meublé à la moderne de divans, de poufs, de tables volantes.

— Faites-moi le plaisir de vous asseoir, Mesdames, disait Mme Sorin, très simple, nullement gênée de voir ces étrangères envahir sa demeure. Mon mari m'a raconté sa rencontre avec M. de Val d'Ombre ; nous sommes charmés de vous voir chez nous.

— Madame, fit la Douairière, je suis presque votre voisine, mes amis sont venus chez moi pour se livrer à une passionnante recherche. Je crois que le docteur peut nous aider et je m'adresse à lui en absolue confiance.

— Vous avez raison, Madame la Duchesse, répondit le médecin, j'ai l'honneur de vous connaître. J'ai été plusieurs fois appelé chez vous pour soigner vos gens.

— Ah ! docteur, si j'avais su ce que j'ai appris hier, il y a longtemps que je vous aurais interrogé.

— Je suis tout à vous, Mesdames. Veuillez vous expliquer.

— Parlez Pauline, fit la Duchesse.

— Non, plutôt Yolaine. Elle a vu, hélas ! la terrible chose.

Yolaine était frémissante, elle pressait son front avec ses mains glacées. Elle balbutia :

— Le jour du bombardement du village des Ablettes, vous étiez à l'ambulance, Monsieur ?

— Oui Madame, je suis parti le dernier du village.

— O Dieu, serait-ce donc vous qui...

Pauline l'interrompit :

— Docteur, voulez-vous nous raconter un incident de cette fatale fuite sous les bombes. Une chose anormale ne vous a-t-elle pas frappé ?

— Ah ! je vous crois. Nous avions hissé sur l'église le drapeau de la Croix Rouge de Genève, et ils bombardaient avec rage, ils démolissaient les maisons, nous entassions sous la mitraille nos pauvres blessés dans des voitures d'ambulance qui elles aussi étaient atteintes. Une même a été renversée.

— Mais, insista la Marquise de Val d'Ombre, n'y avait-il que des soldats ? n'avez-vous soigné que des blessés ce jour-là...

— Parbleu, j'en avais assez ! sans que je m'occupasse des civils, il y en a eu de tués parmi eux.

— Pas de femmes ?

— Des femmes ? On les avait fait filer au premier boulet car on avait été surpris. On ne croyait pas l'ennemi si près.

— Docteur, insista Yolaine, vous n'avez pas vu deux malheureuses femmes venir dans une charrette à âne et implorer votre secours.

— Ah ! bon Dieu, oui. Deux jeunes mères qui se mêlaient de nous encombrer.

— Docteur, j'étais l'une d'elles, vous ne me reconnaissez pas ?

Interloqué, Sorin la regardait.

— Vous ? Miséricorde ! Comment vous en êtes-vous tirée ? C'est donc vous que j'ai fourrée dans l'auto qui démarrait. Bon sang ce que vous criiez ! Et le petit a-t-il pu vivre ?

— Le voilà.

Elle montrait Renaud très ému qui suivait le passionnant dialogue.

— Ce beau gars-là, si robuste ! ça l'a aguerri du coup. Quand je l'ai pris dans le bénitier de l'église, il n'en menait pas large le pauvre bonhomme.

— Il était dans le bénitier ?

Le docteur était devenu très rouge, il se demandait anxieux comment sortir de ses explications. Il redoutait de causer une peine cruelle à cette mère en lui révélant que son bébé à elle était né mort.

— Qu'avez-vous docteur, demanda la Duchesse, pressentant une complication.

— Rien. Seulement... tenez, Madame la Duchesse, je vais vous dire quelque chose à vous, passez un instant dans mon cabinet.

Il offrait son bras à la vieille dame. Celle-ci acceptait, moins émue que les autres, car elle pressentait une heureuse solution.

Elle rentra rayonnante au bout de trois minutes.

Yolaine, ma chérie, embrasse ton fils ! Le docteur vient de m'avouer le subterfuge. A l'heure épouvantable où tout tremblait, où la vie tenait à un fil, Armande en pleine crise d'éclampsie appelait son petit. Le docteur voyant un bébé abandonné dans l'église que les obus démolissaient, où le feu gagnait partout, l'a saisi et jeté dans les bras de cette mère éperdue, le malheureux enfant sans mère. Or il n'était pas son enfant.

— Avec ce que nous a conté le docteur Chantoul, acheva la Marquise, le récit se complète. La religieuse qui emportait le fils de Yolaine, l'avait posé dans le bénitier pour aller chercher de l'eau afin de le baptiser. Tout s'éclaire. Un silence tomba sur le groupe, tous étaient trop émus pour parler. Renaud s'était agenouillé devant sa mère, il mettait sa tête contre le cœur si agité de celle-ci :

— Maman !

Après cette scène touchante la famille prit congé du docteur et de Mme Sorin. La Douairière les invita à venir dîner à Héricourt le lendemain.

Renaud, trop surexcité pour dormir, passa presque toute la nuit près de sa mère. Ils écrivirent deux longues lettres à Roc-Marie et à Armande. Celle-ci avait toujours été bonne pour son neveu, l'enfant sut lui dire sa reconnaissance et sa tendresse. Quant aux lignes envoyées à son père, elles débordaient d'amour : « Je ne suis plus orphelin ! » disait-il glorieusement.

XVII

LE SENS UNIQUE

« Tous mes chers miens, écrivait Roc-Marie de Rome, vous dont la pensée ne me quitte pas, vous dont j'ai plein le cœur, lisez ces lignes et bénissez avec moi Dieu dont la bonté envers nous se manifeste une fois de plus. J'ai été reçu en audience privée par le Saint Père, il m'a ouvert les bras et traité comme un fils. J'ai eu l'honneur deux fois de répondre à sa messe dans sa chapelle particulière. Il a voulu que je loge au Vatican. Un soir, après la dernière prière, il m'a fait signe de le suivre dans les jardins où avant le repos de la nuit il aime à faire une courte promenade. Je lui ai ouvert mon âme et raconté ma vie. Il m'a exprimé le désir de connaître Yolaine et notre fils. (Quelle action providentielle que cette rencontre du docteur Sorin avec Renaud et au Val d'Ombre !) Je les prie donc de venir me rejoindre au plus tôt. Je voudrais voir maman les accompagner et pourquoi pas aussi ma bienveillante marraine. Son voyage à Rome serait le digne complément de celui qu'elle a fait en Syrie. C'est l'avis de Gislain, enthousiaste de la ville éternelle. Nous passerions l'hiver ici. Je louerais un appartement. Est-ce entendu, mes biens-aimés ?

« Je ne m'étends pas davantage, unissez vos prières aux miennes, la bénédiction divine est sur nous.

« Votre Roc-Marie »

Après cette lecture faite à haute voix par la Marquise, un assez long silence enveloppa le groupe familial. Ce fut Renaud qui décida soudain avec sa tendre confiance en allant mettre un baiser sur la joue de la Douairière qu'il nommait lui aussi marraine, ne voulant pas admettre le cérémonieux Madame.

— Alors, quand partons-nous ? Bien vite, n'est-ce pas ?

— Tout beau, mon petit, laisse-moi souffler. On ne

s'emballe pas à soixante-dix ans, comme à quinze.
C'est loin Rome.

— Oui, mais tout chemin y mène et dans l'auto, à
petites journées, avec des étapes délicieuses dans les
villes de choix.

— Il a raison, ma bonne amie, approuva la Marquise, nous ne pouvons nous séparer... les voyages
sont tellement faciles aujourd'hui. Et ajouta-t-elle en
souriant, convenez que la locomotion a fait un grand
progrès ma chère Hermine.

— Progrès... à savoir. Avec ma berline...

— Qui versait de temps à autre, des routes défon-
cées, des chevaux qui accomplissaient deux à trois
lieues à l'heure.

— Peut-être, mais je n'avais pas les septante années.

— On les oublie en vous voyant, fit Yolaine, il ne
faut pas nous abandonner sur la voie montante du bonheur. Les événements ont soudé nos existences. Marraine chérie, je serais triste de ne pas vous voir avec
nous quand le Saint Père nous recevra.

— Le Saint Père ! Roc-Marie ne dit pas le conseil
qu'il lui a donné.

— Oh ! exprima la jeune femme, celui de refaire
notre foyer.

— C'est en effet la meilleure conclusion.

— Et moi, s'écria Renaud, que décidez-vous pour
moi dans vos plans ?

— Mon fils, tu choisiras la carrière qui te plais afin
d'y orienter tes études.

— Il y a longtemps que je l'ai choisie, ma petite mère,
je serai marin. J'épouserai Marie Loisel, nous habiterons
le pavillon de Saint-Bénévent à Ker-Menhir.

— Très bien. A suivre... admit en riant la Duchesse.

— En attendant, marraine, je vais conférer du voyage avec Hardichaud. Sans attendre de réponse, l'enfant s'élança dehors.

— Quelle belle nature, ce petit, conclut Hermine
d'Héricourt.

— Il ; de la décision, fit la Marquise, vous l'approu-
vez, mon amie, que penseriez-vous de partir le 9 septembre, dans huit jours.

— C'est rapide.

— Il faudrait profiter des beaux jours.

— En effet. Voyons donc la carte. Première couchée
à Besançon...

— Si nous passions par la Suisse, proposa Yolaine. Mais voilà le chauffeur, il a bien voix au chapitre.

— D'autant mieux qu'il est allé jusqu'à la frontière italienne quand je t'ai ramenée, ma Yolaine.

Hardichaud entrait avec Renaud, la Douairière lui dit :

— Chauffeur, nous avons décidé de partir pour Rome, vous voyez le voyage possible avec l'auto ?

— Pour sûr, Madame la Dusèche, m'est avis seulement que faudra deux pneus d'avant et une paire de rechange, parce que là-bas, possible qu'on ne trouve pas le calibre.

— Achetez ce qu'il faut. Vous pouvez aller à Sedan dès demain.

— Ben... oui. C'est-y qu'on sera longtemps en tournée ?

— Tout l'hiver.

— Ah !

— Vous n'avez pas l'air content, mon brave, vous aimez pourtant bien votre métier.

— Oui, mais j'aime encore mieux ma femme et ma gosse. Je les vois guère par le temps qui court.

— C'est vrai, approuva la Marquise. On pourrait lui donner quelques jours de vacances pour aller en Bretagne.

— Faisons mieux, réfléchit la Douairière. Roc-Marie parle de louer un appartement à Rome, il nous faudra du personnel.

— Bon, j'y suis. Je me trotte à Ker-Menhir et je les ramène, s'empressa de conclure le chauffeur.

— Envoyez-leur simplement une dépêche, Hardiroy, qu'elles arrivent par le train, je vais dire à Calixte de vous remettre la somme nécessaire, vous ferez un mandat télégraphique.

La bonne figure rouge du mécanicien s'éclaira :

— On peut dire, madame la Dusèche, que vous savez peser sur l'accélérateur, non, vrai, y a point mieux que vous, patronne.

— Autre question, intervint la Marquise, pourra-t-on se caser tous dans la voiture ?

— Dans la voiture ! Mais on tient huit à l'aise, affirma le chauffeur. Six à l'intérieur, deux à côté de moi sur le devant.

— Ça fait juste le compte avec Odyle, mais les bagages ?

— On les enverra par le chemin de fer, dit Pauline.

— Y a mieux, expliqua Hardichaud. Je pourrais atteler une petite prolonge derrière nous. Avec la force de
notre moteur... ...

— Nous aurons l'air de bohémiens.

— Mais non, fit Renaud ravi, nous aurons simplement
l'air de touristes.

— Alors c'est entendu, conclut la Douairière qui aimait les promptes décisions ayant à compter avec son
reste de vie. Faites tout ce que nous venons de conve-
nir, chauffeur, et soyez devant le perron tout chargé,
lundi prochain à huit heures, ça vous donne une semaine
est-ce assez ?

— Oui, et on aura encore du rabiot.

La Duchesse lui donna congé d'un signe. Il courut au
garage en sifflant la « Marseillaise ».

— Hein ! le vieux cocher, ça va lui en boucher un
coin ! pensait-il.

Le lendemain de ce jour, chacun faisait ses préparatifs. Renaud avait tenu à aller dire au revoir au docteur et au Val d'Ombre. Il trouva justement le pêcheur
au milieu des ruines, en train d'herboriser.

— Je fais des découvertes intéressantes, Monsieur
Renaud, dit-il en montrant sa boîte de tôle. Avec ces
graines-là qui ont mûri au soleil de l'été, je fabrique
une liqueur excellente. Quand vous me ferez le plaisir
de venir me voir, je vous en ferai goûter.

— Au revoir, docteur, nous partons pour l'Italie.

— Beau voyage ! Vous verrez le Pape ! A propos,
mon cher enfant, j'ai pensé à vous, l'enfant du miracle,
on peut le dire; peut-être n'avez-vous jamais été baptisé, bien que votre premier berceau ait été un bénitier.

— Mon père m'a fait recevoir le Sacrement sous
conditions.

— Quel nom vous a-t-on donné ?

— Renaud, comme mon oncle et Roc-Marie, comme
papa.

— Je regrette que vous partiez si vite. Voulez-vous
demander à votre grand'mère de me louer ce parc en
friche, j'y mettrai des moutons.

— Tout ce que vous voudrez, docteur, prenez le parc
quand cela vous plaira. Si vous savez ce que nous vous
sommes reconnaissants !

Ils échangèrent une cordiale poignée de main. Le

médecin suivit du regard l'élégante, souple, vive silhouette du dernier des Val d'Ombre. Il songeait aux hasards étranges que n'inventent pas les humains et dont ils seraient le jouet s'ils n'étaient providentiels.

XVII

L'ÉTRANGE DESTINÉE

La veille du départ des habitants d'Héricourt, le « piéton », comme disait toujours la Duchesse, qui lui payait régulièrement le port d'une lettre bien qu'elle soit affranchie, mais selon l'antique coutume, le piéton donc apporta un message venant de Calcutta. Il était adressé à la Marquise de Val d'Ombre. Celle-ci vint le lire quand tous furent réunis au coup de cloche qui annonçait par deux battements, une nouvelle pour la maison.

— C'est d'Armande, dit-elle. Tout s'arrange à souhait, écoutez :

« Ma chère belle-mère,

« Je m'associe à votre bonheur ! Dites à ma sœur Yolaine — je tiens à lui garder ce nom affectueux, nous nous entendions si bien ! — que je ne suis on ne peut plus heureuse de la voir revenue de son double exil...

— Que veut-elle dire ? interrogea la Douairière.

— Que moral et physique étaient en détresse, expliqua Yolaine en souriant.

« Je suis heureuse aussi de lui rendre Renaud, elle n'a que lui, tandis que moi, j'ai un mari très tendre, un intérieur charmant. J'aime cet enfant comme mon fils, je l'ai élevé de mon mieux. Je lui garde toujours une place à mon foyer, quand il lui plaira de revenir à la villa des Lotus. Vous aussi, ma mère. De vous comme de mon premier mari, je n'ai que de bons souvenirs. Croyez que Ralph et moi nous serions bien charmés de vous recevoir ici : vous devriez venir tous passer quelques mois au pied de l'Himalaya, la mystérieuse montagne où se cachent des temples inconnus... où habitent les Mages. Venez ; en attendant croyez toujours ma chère mère à ma sincère affection.

« ARMANDE »

« P.-S. — Pour la fortune de Renaud, je n'ai en rien à m'en occuper Sir Ralph Lee écrit à ce sujet à votre notaire à Sedan ».

La Marquise répondit à cette lettre avec autant d'amitié. Renaud déclara que lorsqu'il serait reçu à l'école de Marine, il emploierait sa première vacance à aller voir sa tante et ses cousines au bord du Gange.

Tout ainsi s'arrangeait au mieux la famille ne pense plus qu'au voyage de Rome.

R. M. GOURAUD D'ABLANCOURT

FIN

Imprimerie HIRT & Cie, 53, Rue des Moissons REIMS

Pour paraître le 28 Février 1930
le N° 156 de Foyer-Romans

La Villa du Bonheur

I

Le vent de mer faisait tumulte dans les masses d'arbres de la côte. L'automobile franchit la grille du parc et fila follement lancée, sur la route allongée au flanc des hauteurs qui dominaient les plages.

Un sifflement grinçant retentit, deux cris partirent de l'auto, qui s'arrêta. Celui qui tenait le volant, — un très jeune homme, — sauta le premier à terre et se précipita, suivi de son compagnon, vers un corps qui venait de s'abattre au bord de la route, dans l'herbe poussiéreuse, mêlée de petits trèfles aux fleurs blanchâtres.

Le véhicule avait failli écraser une passante qui débouchait d'un chemin de traverse. Un recul violent et un faux pas avaient déterminé la chute, les deux hommes se penchaient, consternés, sur la victime de l'accident.

— Madame ! Madame ! qu'avez-vous ? Etes-vous blessée ?

Pas de réponse; aucun mouvement. Cette femme, qui semblait avoir dépassé la jeunesse, était habillée d'un « tailleur » correct et sombre; son chapeau et son sac à main avaient roulé dans le fossé. Une pâleur blême revêtait son visage maigre. Lucien Clayré, l'imprudent chauffeur, qui se livrait trop souvent, avec la fougue de son âge, à des excès de vitesse, interrogeait d'un regard d'angoisse Roger Marsolles, son compagnon. Il fallait immédiatement chercher du secours... Les cils de l'inconnue remuèrent, et sous les franges noires apparurent des yeux reflétant une anxiété vague et douloureuse.

— Ne craignez rien, Madame, dit Roger Marsolles, à la fois respectueux et chaudement compatissant; vous êtes en sûreté. On va vous soigner... Vous souffrez ?

(A suivre.)

Foyer-Revue Relié

Les deux premières années 1922, 1923 sont épuisées

La troisième année 1924, volume de 1.040 pages,
  le volume franco...................................... 20.25
La quatrième année 1925, le volume franco 21.50
La cinquième année 1926   —   —   26.»»
La sixième année 1927   —   —   30.»»
La septième année 1928   —   —   30.»»
La huitième année 1929   —   —   30.»»

Port en sus pour les Colonies et l'Etranger

Pour la nomenclature des romans parus dans
chaque volume, demandez le catalogue à votre
libraire ou directement aux Editeurs :

HIRT & Cie, 53, rue des Moissons — REIMS
Compte chèque postal : PARIS 409.74
R. C. : Reims 6.939